FOLIO POLICIER

Thierry Bourcy

L'arme secrète de Louis Renault

Une enquête
de Célestin Louise,
flic et soldat dans la guerre de 14-18

Gallimard

Thierry Bourcy est scénariste pour la télévision et le cinéma. Il est également le créateur du flic et soldat Célestin Louise, qu'il lance, lors de la guerre de 14-18, dans des aventures et des enquêtes permettant de faire revivre avec force et émotion cette période incroyable et tragique de l'histoire du xxᵉ siècle. *L'arme secrète de Louis Renault* est le deuxième volet de ces romans, tous publiés par Nouveau Monde éditions.

À ma fille

PROLOGUE

Louis Renault gara sa voiture flambant neuve dans la cour de l'hôtel particulier de la rue Puvis-de-Chavannes. Le véhicule «sport» sortait de son usine de Billancourt, mais il aurait pu le fabriquer lui-même : c'est lui qui en avait dessiné le moteur, les pignons, l'embrayage, et même les suspensions. Il coupa le moteur et observa sa passagère. Depuis qu'ils avaient quitté l'Opéra, Jeanne n'avait pas dit un mot. Pourtant, comme à l'habitude, la soirée de première avait été triomphale. La cantatrice avait reçu dans sa loge couverte de fleurs des admirateurs enthousiastes, aussi bien l'aristocratie du Faubourg-Saint-Germain que les nouveaux millionnaires enrichis dans l'industrie et la finance et qui aimaient se montrer dans les salles de spectacles les plus chics de la capitale. Mais, une fois seule en tête à tête avec Louis, Jeanne avait cessé de sourire et même de parler. Elle avait laissé Claude, son habilleur, un homosexuel aux manières délicates qui s'occupait d'elle comme une vraie mère poule, lui ôter sa tenue de scène. Elle avait enfilé à même sa combinaison un gros manteau de fourrure, s'était plantée devant Louis, et lui avait tendu une note écrite en le regardant fixement. Pour une fois, ce fut le jeune industriel qui baissa les yeux.

— Pardon, Jeanne. Je me suis comporté comme un idiot.

— Je ne supporte plus ta jalousie, Louis. Tu me reproches même d'être venue te voir à l'improviste à Billancourt !

— Je ne veux pas que ma femme vienne à l'usine, s'obstina Renault, buté. Ce n'est pas un endroit pour toi.

— Décidément, tu ne comprendras jamais rien ! Partons.

Ils avaient quitté le palais Garnier en saluant au passage leurs nombreuses relations puis s'étaient engouffrés dans le cabriolet que Louis conduisait trop vite. Ils s'étaient retrouvés en quelques minutes dans leur luxueux hôtel du dix-septième arrondissement. Louis saisit la main de Jeanne, qui se laissa faire et soupira.

— On ne va pas pouvoir continuer comme cela longtemps, Louis. Tu ne changeras pas, moi non plus.

Louis Renault n'avait pas envie de reprendre leur sempiternelle discussion à ce moment de la nuit. Il se contenta de baiser la main de sa femme, descendit de voiture, fit le tour du véhicule et lui ouvrit la portière. Le couple monta les quelques marches du perron et pénétra dans le bâtiment principal, dont le hall était simplement éclairé par une veilleuse. Jeanne annonça qu'elle montait se coucher ; Louis devait terminer un courrier au ministère de l'Armement. Il se dirigea vers son bureau, situé au rez-de-chaussée et dont la grande fenêtre donnait sur la cour d'entrée. Son entretien avec le général Estienne lui avait mis du baume au cœur : enfin un militaire qui comprenait à la fois l'intérêt de la fabrication en série d'un petit char d'assaut et les contraintes industrielles qu'il fallait respecter. Il alluma la lumière et constata immédiatement que la porte de son coffre-fort, encastré dans le mur de gauche, était entrouverte. Il se précipita pour vérifier s'il manquait quelque chose. Ce fut comme si le ciel lui tombait sur la tête : les plans du prototype FT 17, le petit char d'assaut dont il devait faire les premiers essais au début de l'année suivante, avaient disparu.

CHAPITRE 1

THÉÂTRE

Même après plusieurs semaines, Célestin Louise n'arrivait pas à s'habituer aux coups de fusil qui résonnaient à tout moment dans la tranchée, parfois juste derrière lui, et qui le faisaient invariablement sursauter. De temps en temps, il râlait :

— Tu nous emmerdes, Flachon, avec tes rats !

— Peut-être bien, que je vous emmerde, mais à deux sous la pièce, ça me paye mes tournées de rouquin.

Le gros s'était fait photographier la veille devant son tableau de chasse, pas moins d'une soixantaine de rats, des bêtes énormes, pansues, qui accouraient en meute dès la tombée du jour et bouffaient tout ce qui traînait à leur portée. Ce qui restait des rations ou des colis de nourriture, il fallait le suspendre au plafond des cagnas. Les rongeurs s'attaquaient même aux chiques de tabac, au cirage, aux papiers, et, depuis le début du mois de décembre, ils commençaient à s'en prendre aux vêtements. Ils n'hésitaient pas à passer sur le corps des soldats endormis, les réveillant en sursaut avant de s'éloigner tranquillement, comme en terrain conquis. La chasse aux rats, Flachon en avait fait sa guerre à lui, un combat inégal contre les hordes inépuisables qui revenaient chaque nuit. Fontaine, qui arborait maintenant une barbe aux reflets roux, avait bien essayé plusieurs fois de l'aider, mais ce n'était pas son truc. Avec l'accord du lieutenant Doussac, il s'était mis à creuser frénétiquement des abris de fortune, juste assez grands pour deux ou trois hommes, et dans lesquels on pouvait disposer des litières de paille. Peuch, quand il n'était pas trop saoul, lui donnait un coup de main. Ces petites caves mal dégrossies ne servaient pas tant à les protéger des obus qu'à leur permettre, pendant la nuit, de s'allonger et d'ôter un instant leurs godillots boueux, au cuir durci, qui torturaient leurs pieds bleuis de froid, douloureux et enflés. Depuis deux semaines, les bombardements en première ligne, dans ce petit coin de Champagne, avaient baissé en intensité. S'il tombait encore souvent de ces longues « saucisses » dont on pouvait se garer et qui faisaient plus de mal aux parois de la tranchée qu'aux hommes, les arrosages systématiques par l'artillerie lourde avaient provisoirement cessé. On parlait de manque de munitions, on disait les Boches au bout du rouleau, et le colonel Tessier, qui commandait le régiment, défendait l'idée d'une attaque violente et déterminée qui enfoncerait le front ennemi. Cet aveuglement mettait Célestin hors de lui.

— Il y en a combien, de ces crétins galonnés, tout le long du front, à rêver d'une gloire imbé-

16

cile ? C'est pas eux qui vont courir au milieu des barbelés, sous le feu des mitrailleuses !

Le petit Béraud, devenu son confident, acquiesçait.

— N'empêche, monsieur, vous voilà drôlement remonté.

— T'as raison, je m'échauffe la bile pour rien, et c'est pas moi qui changerai quoi que ce soit à ce merdier.

Fontaine arriva vers eux en trottinant.

— Gaffe, v'là le pitaine avec le colon, on est gâtés !

Suivis par leur ordonnance — un jeune planton obséquieux que les tranchées dégoûtaient — les deux officiers menaient leur inspection. Le colonel Tessier, visage massif barré d'une épaisse moustache grise, marchait le premier, en regardant les parapets de tir et les nids de mitrailleuses. Légèrement en retrait, le capitaine Philippon, que son visage glabre faisait paraître beaucoup plus jeune, s'intéressait plus aux installations ménagées à l'intérieur des boyaux, toutes ces innombrables trouvailles qui faisaient la vie quotidienne de ses hommes. Sur le chemin des officiers, les hommes se mettaient comme ils pouvaient au garde-à-vous en se plaquant contre les parois de la tranchée pour les laisser passer. Tessier répondait d'un bref signe de tête, Philippon leur faisait le salut réglementaire et leur enjoignait de retourner à leurs postes. Comme ils approchaient de l'abri de Doussac, Tessier se tourna vers son subordonné et dit :

— Félicitations, capitaine, votre compagnie se tient bien.

— Merci, mon colonel.

Doussac sortit à cet instant de sa cagna, dont il laissa retomber le rideau derrière lui, et se figea lui aussi au garde-à-vous.

— Repos, lieutenant. Depuis combien de temps êtes-vous en première ligne ?

— Quatre jours, mon colonel.

— Comment sont vos hommes ?

— Ils ont un moral excellent. Mais les nuits sont froides.

Le jeune aide de camp lança un regard effaré vers un brasero confectionné dans une culasse d'obus, autour duquel trois hommes essayaient de se réchauffer.

— Votre secteur est plutôt calme ?

— Depuis quelques jours. Vous pensez que les Boches préparent quelque chose ?

— Je n'en sais rien. Mais c'est nous qui allons les surprendre.

Au bout du boyau, assis sur le parapet, Célestin alluma ostensiblement une cigarette. Le conciliabule des officiers l'irritait. Il proposa son paquet de tabac à Béraud, qui refusa.

— T'as peur de te faire remarquer ?

— Non, mais je suis pas tranquille quand il y a trop de monde sur notre dos.

Célestin expira une grande bouffée de tabac qui lui fit un petit nuage rond au-dessus de la tête.

— Tu vois, Béraud, ce n'est pas de recevoir des ordres qui m'indispose : dans la police, on a l'habitude. Ce que je ne peux pas souffrir, c'est d'être commandé par des incompétents. C'est pas des façons, d'envoyer autant de bonshommes au casse-pipe juste pour passer le temps, juste pour montrer qu'on est un chef.

Le petit Béraud le regarda suffisamment étonné pour que Célestin le remarque. Le policier comprit que ces seize mois de guerre l'avait marqué, comme les autres, lui avaient « endurci la couenne », comme disait Flachon, mais avaient aussi fait monter en lui un début d'écœurement face à la vie. Soudain, la colère qu'il entretenait à l'encontre du commandement sembla se matérialiser : deux explosions quasi simultanées firent voler en éclats l'étayage qui soutenait un abri de mitrailleuse, ainsi que tout un pan des créneaux. Le colonel lança autour de lui des regards ahuris tandis que Doussac le poussait dans son abri. L'ordonnance à l'uniforme si bien repassé s'était jeté à terre, blotti contre le banc de tir. Seul Philippon monta un instant sur le parapet afin d'avoir une idée de ce qui se passait. Doussac insista pour le faire entrer à son tour dans la cagna. Les hommes, désormais habitués à ces instants d'enfer, se terrèrent comme ils le purent dans leurs niches individuelles et dans tous les recoins qui leur offraient une vague protection. L'artillerie française se mit à donner à son tour, les Allemands allongèrent le tir... ce fut un duel de canonniers qui leur passa au-dessus de la tête et qui se termina aussi soudainement qu'il avait commencé. Les hommes se relevèrent et reprirent leurs postes — ils n'avaient même plus le réflexe de secouer la terre de leurs uniformes. Le colonel sortit de l'abri, un peu hagard, suivi par le capitaine. Son ordonnance, piteux, était encore à genoux.

— Il me fait pitié, ce pauvre type, murmura Flachon à Fontaine. Regarde, il s'est pissé dessus.

De fait, une grande tache sombre marquait l'impeccable pantalon de l'aide de camp qui, pour le coup, avait perdu toute sa superbe. Penaud, il emboîta le pas des deux officiers qui poursuivirent leur inspection. Doussac les accompagna jusqu'au petit poste qui marquait le point le plus avancé de la tranchée, puis revint, l'air sombre. Célestin croisa son regard.

— Où est-ce qu'ils veulent nous emmener, cette fois-ci ?

— Comme d'habitude, Louise : en face.

— Et c'est pour quand ?

— Cet après-midi, quinze heures.

— Et c'est sur nous que ça tombe ! remarqua Béraud. Ils n'auraient pas pu attendre la relève ?

— Sans doute que non. Allez, courage, les artilleurs vont arroser une heure avant, vous n'aurez plus qu'à dégager les morts et à vous installer tranquillement.

— Vous n'y croyez pas plus que nous, mon lieutenant, répondit Célestin. Ce n'est pas la peine de nous raconter des craques.

— Vous préféreriez que je vous dise que vous allez tous vous faire tuer ?

Le lieutenant s'éloigna. Célestin et Béraud restèrent silencieux, ils n'avaient plus envie de parler. Bientôt, la compagnie tout entière sut qu'elle allait attaquer. Les bidons de gnôle passaient de bouche en bouche, la brûlure de l'alcool calmait les nerfs. À quatorze heures, les soixante-quinze déclenchèrent un feu d'enfer mais leur tir, trop court, creusait des entonnoirs dans le *no man's land* sans toucher la tranchée ennemie. Soixante minutes après, quand les poilus jetèrent un coup d'œil par-dessus les parapets, ils constatèrent que ni les barbelés, ni les défenses allemandes n'avaient été touchés. Déjà, la vue de leurs casques avait provoqué les tirs ennemis, et les balles sifflaient au ras des créneaux. Célestin échangea un regard avec Doussac : attaquer dans ces conditions, c'était aller à une mort certaine. Ils n'avaient aucune chance d'atteindre les lignes allemandes, aucun d'entre eux n'en reviendrait. Le capitaine apparut au bout de la tranchée, il avait remplacé son képi par un casque. Lui aussi inspecta brièvement le champ de bataille, puis consulta sa montre : elle indiquait trois heures pile. Il avait à la main un lance-fusée supposé donner le signal de l'attaque. Autour de lui, les hommes, baïonnette au canon, ne le quittaient pas des yeux, abrutis par l'alcool ou figés par l'angoisse. Après une attente interminable ponctuée par les rafales de mitrailleuses qui venaient se perdre dans les sacs de sable, Philippon confia le lance-fusée à Doussac, sortit de sa poche de poitrine un petit carnet sur lequel il griffonna quelques mots et en arracha la page.

— Vous avez quelqu'un de rapide ?

Célestin poussa Béraud du coude.

— Vas-y !

— Où ça ?

— Vas-y, je te dis !

Béraud s'approcha.

— Je suis volontaire, mon capitaine.

Philippon se tourna vers lui, surpris.

— Vous ne savez même pas ce qu'on va vous demander.

Béraud haussa les épaules, mais il resta planté là, déterminé. Philippon, après avoir consulté Doussac du regard, tendit le morceau de papier au petit poilu.

— Apportez ceci au PC du colonel Tessier. Dites-lui que je l'attends ici.

— Bien, mon capitaine.

Béraud tourna les talons et partit en courant. Au passage, Célestin lui fit un clin d'œil. Les hommes avaient compris qu'il se passait quelque chose d'anormal. Les échelles d'assaut avaient été posées contre les parois de la tranchée, les baïonnettes fixées au bout des fusils, les casques bien serrés, les ceinturons bouclés, les soldats s'étaient résignés au sacrifice. Et puis, bizarrement, rien ne se passait. Une rumeur commença à courir tout au long du boyau : l'attaque était annulée, la préparation d'artillerie était insuffisante ; certains affirmaient au contraire qu'on attendait le renfort d'un régiment de zouaves, qui allaient arriver d'un moment à l'autre. Comme les minutes passaient, à la stupeur succéda le soulagement, puis au soulagement la détente. Les premières plaisanteries commencèrent à fuser tandis qu'en face les mitrailleuses allemandes s'étaient tues.

— C'était peut-être juste pour rigoler, lança Fontaine.

— Parce que ça te fait rigoler, bec de veau ? le charria Flachon.

— C'est reculer pour mieux sauter, annonça Peuch, visage fermé.

— Heureusement que t'es là, Peuch, sinon, on pourrait se croire en vacances !

— Vos gueules ! Voilà le petit qui revient avec le colon, les avertit Célestin.

Toujours suivi par son ordonnance, qui avait changé de pantalon, Tessier, rouge de colère, s'avançait d'un pas saccadé. À quelques pas en avant, Béraud, qui ne savait plus où se mettre, trottinait puis s'arrêtait, en regardant sans arrêt derrière lui. Tessier finit par l'écarter d'un geste, le faisant à moitié tomber dans un abri. Philippon s'avança à la rencontre du colonel.

— Est-ce que vous voulez bien m'expliquer, capitaine, ce qui est en train de se passer ici ?

— Regardez vous-même, mon colonel.

Le capitaine entraîna son supérieur sur la banquette de tir et lui tendit sa paire de jumelles.

— Les artilleurs ont tiré trop court : on n'a même pas touché une seule mitrailleuse boche.

Tessier braqua quelques secondes les jumelles vers la tranchée adverse, puis se remit aussitôt à l'abri.

— Et alors ?

— Alors on va au massacre. On ne fera pas dix pas avant de se faire descendre. Nous n'avons pas une seule chance d'atteindre notre objectif.

— Ce n'est pas à vous d'en juger, Philippon, c'est à moi. Et j'ai donné l'ordre d'attaquer.

Les deux officiers restèrent ainsi, face à face, debout sur la banquette de tir qui leur faisait comme une scène. Autour d'eux, les hommes observaient. Doussac, lui aussi, s'était avancé.

— Je ne peux pas accepter cet ordre, mon colonel : c'est absurde. Je refuse de sacrifier ma compagnie en pure perte.

— Vous refusez d'obéir à un ordre de votre supérieur sur le théâtre des opérations, c'est bien cela ?

Derrière le colonel, l'aide de camp, l'air indigné, manifestait lui aussi sa réprobation.

— Regarde-moi ce larbin, murmura Célestin à Peuch, il est encore pire que son chef !

— Tu crois qu'il va se coucher, le pitaine ?

— Non.

— Moi, je parie que si, vingt sous ! intervint Flachon.

— Si tu gagnes, tu seras plus là pour les toucher, face de crabe !

Philippon avait repris ses jumelles, il inspecta une nouvelle fois l'étendue morte entre les deux tranchées, puis se retourna vers le colonel.

— Je demande l'arbitrage du général d'Ormoy.

— Vous pensez peut-être que le général aura quelque indulgence pour votre rébellion ?

— Ce n'est pas une rébellion, mon colonel :

c'est du simple bon sens. Ma compagnie a perdu trop d'hommes et…

— Très bien, capitaine, l'interrompit Tessier. Faites venir le général d'Ormoy, il sera certainement ravi d'être dérangé !

Il se tourna vers Doussac.

— Lieutenant, puis-je disposer de votre abri ?

— Bien sûr, mon colonel.

Tandis qu'un biffin partait en courant vers l'état-major, Tessier et son ordonnance disparurent dans l'abri. Le capitaine resta un instant sur la banquette de tir, puis ordonna au lieutenant Doussac de le suivre le long de la tranchée. Sur leur passage, ils informaient les hommes que l'attaque était différée et peut-être annulée, et qu'ils pouvaient ranger leurs baïonnettes. Célestin échangea un sourire avec Béraud.

— C'est toujours ça de gagné !

Il commençait déjà à faire nuit lorsque le général d'Ormoy rejoignit la section. Contrairement aux prévisions du colonel, il avait l'air d'être plutôt de bonne humeur, et cette tournée d'inspection imprévue semblait le distraire. Tessier, averti par le lieutenant, vint à sa rencontre. Le capitaine Philippon arriva le dernier. En quelques mots, le général fut mis au courant du différend qui opposait les deux officiers. Calmement, il monta au créneau.

— Fusée éclairante.

— Allez-y, Louise, ordonna Doussac.

Célestin ouvrit une caisse en bois, sortit le

lance-fusée, l'arma et tira en l'air. À l'issue d'une longue parabole, la gerbe étincelante se rapprocha du sol, illuminant la terre désolée jonchée de débris et les éclats métalliques des défenses allemandes. Déjà, quelques tirs partaient d'en face. D'un coup d'œil, le général apprécia la situation et rendit les jumelles à Doussac.

— De toute façon, il est trop tard pour attaquer maintenant, mais il semble effectivement que nos soixante-quinze aient tiré trop court. L'opération est annulée, jusqu'à nouvel ordre. Merci, messieurs. Colonel Tessier, venez avec moi jusqu'à l'état-major, ce soir, vous serez mon invité.

Partagé entre colère et vanité, le colonel se contenta de s'incliner avant d'emboîter le pas au général qui s'éloignait. Derrière lui, l'aide de camp suivait comme un caniche. Flachon ne résista pas au plaisir de lui faire un croc-en-jambe, l'autre s'étala dans la boue.

— Pardon, mon camarade, j'y vois pas trop bien, fit mine de s'excuser le gros en tendant une main secourable à l'ordonnance.

Celui-ci, blanc de rage, se releva, constata l'étendue des dégâts sur son uniforme maculé de boue, ouvrit la bouche pour s'indigner mais la referma aussitôt et tourna les talons. Flachon était ravi, Fontaine rigolait dans sa barbe. Philippon salua le lieutenant Doussac et s'en alla à son tour. Cette fois, sur son passage, les hommes, un à un, l'applaudirent. Plus tard dans la nuit, la relève arriva enfin : la troisième section allait pouvoir se reposer quelques jours en deuxième ligne au bourg d'Auménencourt-le-Petit, non loin de la Suippe, une petite rivière qui se perdait, à quelques kilomètres au nord, dans tout un dédale de marais.

Après six bonnes heures d'un sommeil de plomb, perdu dans la paille d'une grange qui sentait fort l'urine et le salpêtre, Célestin se réveilla frigorifié. Non loin de lui, Flachon ronflait encore et le petit Béraud dormait en chien de fusil, le visage agité parfois de la grimace d'un mauvais rêve. Le jeune policier s'étira et sortit dans la cour, où le cuistot distribuait du café brûlant, un luxe qu'on ne connaissait plus en première ligne. Fontaine s'éloignait, un ballot de vêtements sur le dos : il était un des seuls à supporter les engelures qui venaient aux doigts quand on frottait le linge dans l'eau glacée du lavoir. Peuch, immobile, le regard dans le vague, se réchauffait les mains sur son quart rempli de café fumant. Il jeta un coup d'œil à Célestin et retourna à sa méditation silencieuse. Depuis quelques mois, il était devenu sombre, hargneux. Il ne se mêlait plus aux plaisanteries des autres et buvait sec, en solitaire. Le fourrier remplit le quart de Célestin, qui souffla sur le liquide noir et acheva de se réveiller en avalant une gorgée brûlante. Il s'approcha de Peuch, ils échangèrent quelques banalités.

— Il paraît qu'ils vont donner quelques permissions pour Noël, hasarda Célestin.

— Qu'est-ce que tu veux que ça me foute ?

— Tu en auras peut-être une, tu pourras retourner dans ta famille.

— Ah non alors !

Peuch avait crié, ça lui était sorti d'un coup, sans réfléchir, comme une boule de haine et de chagrin. Les deux hommes se regardèrent. Peuch baissa les yeux et se mit à parler d'une voix sourde.

— J'ai plus de famille, Louise. L'été dernier, ça faisait un an que j'étais parti, ma femme a quitté la maison. Elle en pouvait plus de solitude. Et elle a toujours eu besoin de caresses. Alors elle a trouvé un beau gars qui passait, et elle a foutu le camp avec lui.

Il n'ajouta pas un mot, tout était dit, et Célestin n'essaya même pas de le réconforter : la guerre ne faisait pas que des morts, elle faisait aussi des malheureux que rien ne pourrait plus consoler. Peuch termina son café d'un trait, alla rincer son quart dans un abreuvoir et se mit à couper du bois à grands coups de hache en y mettant toute la violence de sa peine. Un cycliste déboula dans la cour et tira d'une sacoche une affiche qu'il cloua à la barrière de l'entrée. Célestin et quelques autres soldats s'approchèrent. Le haut de l'affiche était occupé par un dessin naïf montrant une comédienne en costume Louis XV abandonnant sa main à un poilu respectueux penché vers elle. En dessous était marqué : « Le théâtre aux armées de la République, œuvre fondée par monsieur Émile Fabre ». Et, dans l'espace laissé libre en bas, avait été ajouté à la main : « Cet après-midi à la ferme des Grandes-Rayes, en matinée à 15 heures, l'opérette *Les Poilus en Lorraine* avec la troupe Montansier et sa vedette Eulalie Borel ».

— Boudiou! s'exclama Pignol, un petit trapu qui venait de Pau et roulait les «r» en faisant chanter l'accent des Pyrénées, y aurait-il de vraies femmes là-dedans?

— Pourquoi? Qu'est-ce que t'as contre les travelos? demanda Sénéchal, un vieux titi parisien pince-sans-rire et bien malheureux lui aussi de ne plus voir sa femme et ses quatre mômes.

— Ça te dit quelque chose, «Montansier»?

— Je veux, mon neveu! Avant guerre, il faisait pleurer Margot sur les boulevards, avec des mélos à te fendre le cœur.

— N'empêche, tous ces saltimbanques, c'est des embusqués, râla Flachon, hirsute, les cheveux encore pleins de paille. Leurs uniformes, c'est que des costumes!

— Personne t'oblige à venir les voir, le taquina Célestin.

— Et pourquoi que j'aurais pas le droit de me rincer l'œil, moi aussi?

Autour d'eux, les hommes se pressaient et venaient rêver à leur tour devant la pauvre affiche. Il fallut l'arrivée du fourrier chargé des miches de pain frais pour disperser l'attroupement.

L'opérette *Les Poilus en Lorraine* était un pot-pourri outrageusement patriotique exaltant le courage des soldats français, le caractère sacré de leur mission et la victoire inéluctable sur les barbares allemands. L'intrigue, inexistante, culminait en une chanson pleine d'entrain que les poilus reprirent en chœur sur l'air de *Min P'tit Quinquin* :

> *Va, mon p'tit poilu*
> *Si t'es fourbu,*
> *Si t'en peux plus,*
> *J'vas t'dir' la façon*
> *De te remettr' d'aplomb !*
> *Remplis ton quart,*
> *Bois du pinard*
> *Et sa bonne odeur*
> *T'embaumera le cœur !*

Ils étaient là plus de deux cents, képi sur la tête, emmitouflés dans leurs épaisses capotes au col relevé, à se hisser sur la pointe des pieds pour mieux voir. Sur la scène rudimentaire se démenaient trois comédiens en uniforme et, surtout, la charmante Eulalie Borel, supposée interpréter le rôle d'une femme courageuse tenant tête aux occupants teutons jusqu'au retour triomphal des poilus. À la fin, barrant la route à un comédien portant l'uniforme d'un officier allemand, elle entonna *La Marseillaise*, aussitôt reprise par le public enthousiaste dont l'ardeur redoubla encore lorsque, l'Allemand ayant levé son fusil sur la courageuse Lorraine, il fut bousculé et tué par deux poilus survenant au bon moment. Eulalie Borel et ses partenaires «français» saluèrent sous un tonnerre d'applaudissements, le comédien ayant interprété l'officier boche préférant disparaître en coulisses pour se changer en vitesse. Célestin, qui s'était trouvé avec le petit Béraud une place de choix en grimpant sur le toit d'un camion, détailla la comédienne. Il était difficile, sous le fard, de lui donner un âge précis, mais elle ne devait pas avoir plus de trente ans. Pour saluer, elle avait dénoué son chignon, et ses longs cheveux bruns lui tombaient sur les épaules et dans le dos. Elle avait de grands yeux clairs, un sourire franc et rieur, une jolie poitrine qu'on devinait sous son corsage échancré, la taille fine. Les poilus, sous le charme, continuaient d'applaudir et certains balançaient sur la scène de pauvres bouquets de feuillage que la comédienne, émue, ramassait en envoyant des baisers. Il fallut bien baisser le rideau. Il y eut quelques sifflets, un peu de cohue avant qu'une rumeur ne dispersât la troupe : les permissions arrivaient. Vite regroupés par sections autour de leurs lieutenants, les soldats laissaient voir leur impatience. Enfin, les listes furent distribuées par des plantons qui arrivaient tout droit de l'état-major. Célestin sauta sans se presser à bas du camion. On l'avait déjà libéré à deux reprises[1], il n'avait guère de chance, cette fois, de repartir en permission. Béraud, lui, se serait bien précipité vers le lieutenant Doussac, qui était en train d'ouvrir une grande enveloppe, mais il hésitait à laisser Louise.

— Vas-y voir, Bérache, tu seras peut-être verni, cette fois-ci.

1. Voir Thierry Bourcy, *La cote 512 — Une aventure de Célestin Louise, flic et soldat*, Nouveau Monde éditions, 2005 (Folio Policier n° 497).

— Y a peu de chances, monsieur, mais on sait jamais.

— Comme tu dis. Allez, file !

Béraud courut rejoindre la section tandis que Célestin, tranquille, allumait une cigarette. Il n'y avait plus grand monde devant la scène. Il reconnut l'ordonnance du colonel Tessier qui se faufilait vers le camion qui servait de loge à la troupe de comédiens. L'air de rien, il lui emboîta le pas. Assise sur le siège du conducteur, Eulalie Borel fumait une cigarette américaine, les yeux dans le vague. L'aide de camp se gratta la gorge pour attirer son attention, puis se présenta et lui tendit une invitation à dîner.

— Le colonel Tessier se réjouit de vous avoir à sa table.

La comédienne prit l'invitation et l'ouvrit, sans réel enthousiasme.

— Je n'ai pas vraiment de quoi m'habiller.

— C'est sans importance, mademoiselle : votre sourire fait tout oublier.

— Bon… Mais je ne resterai pas trop tard, nous devons partir cette nuit.

— Vous ferez comme vous voudrez.

Devant tant d'obséquieuse amabilité, Eulalie ne trouvait plus rien à objecter. Elle accepta l'invitation ; l'aide de camp proposa de passer la prendre à dix-neuf heures puis s'éloigna, satisfait de sa mission accomplie. La comédienne jeta sa cigarette, sauta à bas de la cabine et s'apprêtait à grimper à l'arrière du camion quand elle aperçut Célestin qui l'observait.

— Ça vous a plu ?

— J'ai vu des choses plus palpitantes.

— C'est la guerre.

— Je suis bien placé pour le savoir.

— Oui… Excusez-moi.

— En tout cas, vous avez charmé le régiment, les hommes ne sont pas près de vous oublier.

— C'est qu'ils ne voient plus beaucoup de femmes.

— C'est que vous êtes bien jolie.

Eulalie le regarda, amusée, haussa les épaules puis disparut à l'arrière du camion dont elle fit retomber, comme des rideaux de théâtre, la bâche derrière elle.

— Monsieur Louise ! Monsieur Louise !

Célestin se retourna : Béraud courait vers lui, l'air tout excité.

— Alors ça y est, tu as eu ta permission ?

— Non, pas moi : vous.

— Moi ? Mais il n'y a pas de raison, je suis déjà parti deux fois.

— C'est sûr qu'il y en a qui râlent, ça fait des jaloux. Mais venez, le lieutenant veut vous parler.

Doussac prit Célestin à part. Il avait reçu pour lui des instructions particulières. Célestin Louise ne partait pas à proprement parler en permission, il était provisoirement remis à la disposition de sa hiérarchie, au service de la police judiciaire.

— Mais qu'est-ce qu'ils me veulent ?

— Votre enquête sur la mort du lieutenant de Mérange a fait un certain bruit à l'état-major, même si l'affaire a été étouffée. Votre supérieur... le commissaire Minier, c'est ça ?

Célestin acquiesça.

— Votre commissaire a été mis au courant de toute l'histoire, et il souhaite que vous reveniez passer quelque temps dans son service.

— Mais pourquoi moi ? Il y a d'autres enquêteurs !

— Là, vous m'en demandez trop. Mais je vous envie un peu : Paris, pendant ces fêtes de Noël, ne va pas être une ville si désagréable.

— Je ne voudrais pas que vous croyiez...

— Je ne crois rien, Louise. Vous êtes un homme de devoir, comme moi, et il semble que ce devoir vous appelle ailleurs. Vous devez rejoindre la capitale le plus tôt possible, et je vous ai trouvé un transport : vous partirez dans le camion de la troupe théâtrale, ils s'en vont ce soir, vous serez demain matin à Paris.

Doussac lui remit un document qui ressemblait plus à un ordre de mission qu'à une permission, et lui souhaita bonne chance. Célestin referma l'enveloppe en se demandant ce que le commissaire Minier pouvait bien lui vouloir.

CHAPITRE 2

PARIS

Fernand Massion, dans un dernier effort, cala la feuille de décor contre la paroi arrière de la cabine du camion. Il avait ainsi dégagé, au milieu de la remorque, un large espace recouvert de couvertures dans lequel deux personnes pouvaient prendre place et même s'allonger. Il faisait maintenant pratiquement nuit, et Célestin devinait à peine la silhouette du comédien qui se démenait sous la bâche.

— Voilà, je ne dis pas que ce sera tout confort, mais on devrait pouvoir arriver à Paris sans avoir le dos en compote.

Il jeta un regard satisfait à son installation de fortune et sauta souplement du camion. Célestin lui offrit une cigarette.

— Merci. D'habitude, je ne prends pas autant de peine : comme je suis tout seul à l'arrière, je me cale entre deux panières et c'est marre. Mais aujourd'hui, j'ai un invité. On n'a plus qu'à attendre madame !

Fernand était le comédien qui jouait l'officier allemand dans l'opérette, sans doute parce qu'il était blond aux yeux bleus. Pour le reste, tout son personnage de scène était composé : la raideur, l'accent guttural, la brutalité exagérée, et même la moustache postiche, tout cela avait disparu. Fernand, qui paraissait plus jeune que ses trente-sept ans, avait le corps souple et musclé d'un acrobate de cirque. Ses gestes étaient naturellement doux et il souriait souvent. Tout en fumant sa cigarette, il se racontait très simplement.

— Il y a des endroits où on se fait traiter d'embusqués. Je peux le comprendre, mais moi, de toute façon, la guerre, je ne l'aurais pas faite. Je suis incapable de tirer sur quelqu'un, et ce n'est même pas une position politique ou pacifiste : c'est instinctif, c'est plus fort que moi.

— Et si on vous attaque ? demanda Célestin.

— Je me laisserai tuer, je me connais. Et puis, il n'y a pas que ça.

Il écrasa sa cigarette sous son talon et regarda Célestin.

— Je suis un inverti.

Il avait lancé cela sans agressivité, avec juste une pointe de défi, ou d'amertume.

— Et alors ?

— Ça ne plaît pas aux militaires. Au fond, on a trouvé le meilleur arrangement : les soldats essaient de gagner la guerre et, moi, je la perds tous les soirs pour leur redonner le moral.

Les deux autres comédiens approchaient, portant des bidons d'essence. Fernand reprit :

— Ça ne vous gêne pas de partager mon repaire ?

— Pourquoi ça me gênerait ? Vous me raconterez des histoires de comédien, ça fera passer le temps.

— Et vous, vous me raconterez des histoires de policier.

Hubert Montansier, à la fois directeur et metteur en scène de la troupe de théâtre, était aussi comédien et faisait office de chauffeur du camion. C'était un bellâtre au visage avenant, grand et bien fait. Il assurait en outre les fonctions de régisseur et d'administrateur. Le dernier comédien, Charles Rifek, un grand type taciturne que les autres appelaient simplement « la Volige », salua à peine Célestin. Le plein d'essence terminé, il s'appliqua à bien fixer les bidons vides sur le châssis du camion. Pendant ce temps, sous l'œil goguenard de Fernand, Montansier faisait à Louise un discours dithyrambique duquel il ressortait que sa petite troupe était un élément essentiel de la stratégie de l'armée française.

— Le moral des troupes, annonça-t-il avec un grand geste théâtral, tout est là. Un soldat qui ne croit plus à la victoire est un soldat déjà vaincu. C'est ce que nous nous acharnons à proclamer chaque soir, à Dunkerque, à Ypres, à Béthune, à Arras, à Bapaume, à Péronne, à Soissons, à Reims, à Verdun !

Il avait énuméré toutes ces villes comme autant de conquêtes ou de victoires qu'il eût lui-même remportées. Il expliqua ensuite à Célestin qu'il dirigeait avant guerre une des troupes les plus populaires de Paris et qu'il donnait chaque représentation devant une salle archicomble.

— Le samedi soir, on refusait du monde ! Mais la guerre a décimé ma troupe comme elle a décimé le pays entier. La plupart de mes comédiens sont partis courageusement au front, pour défendre la France. Avec ceux qui me restaient, j'ai monté ce spectacle, une opérette qui n'a pas la prétention d'être une œuvre impérissable, mais seulement celle, tout aussi noble, de toucher le cœur de nos chers poilus !

Satisfait de sa péroraison, il jeta sur Célestin un regard brûlant de fierté et d'enthousiasme, puis sortit de la poche de son manteau une flasque d'alcool au goulot de laquelle il but une grande rasade.

— Vous en voulez ? proposa-t-il à Célestin.

— Qu'est-ce que c'est ?

— Un excellent whisky qu'un officier anglais m'a offert, dans la Somme, alors que ses hommes nous avaient fait un triomphe.

Célestin avala une gorgée du liquide ambré à l'arrière-goût de tourbe et de fumée.

— Vous ne pensez pas qu'Eulalie Borel est aussi un élément important de votre succès ? demanda-t-il malicieusement en rendant la flasque à Montansier.

Celui-ci prit un air grave et inspira profondément, avec l'air du vieux professionnel à qui on ne la fait pas.

— Eulalie a une vraie nature, mais elle a besoin d'être dirigée. Si on la laisse faire, elle est capable du meilleur comme du pire.

— Je ne te remercierai jamais assez d'avoir pris ma carrière en main, Hubert.

Eulalie, enveloppée dans son grand manteau, laissait juste le haut de son visage dépasser d'un châle de laine noire. Elle émergea de l'obscurité pour entrer dans le rond de lumière que projetait autour du camion une lampe-tempête accrochée à l'un des arceaux de la bâche. Montansier ne se laissa pas démonter.

— Ah, te voilà, on va pouvoir y aller. Monsieur vient avec nous, dit-il en désignant Célestin.

— Je ne vous dérangerai pas, ajouta le policier, je voyagerai à l'arrière, avec…

— Vous pouvez m'appeler Fernand, lança Fernand.

— Avec Fernand.

Eulalie eut un petit haussement de sourcils, puis sembla amusée.

— Comme il vous plaira.

— C'est une pièce de Shakespeare, non ? demanda Célestin.

— Ah ! Bravo, monsieur, s'extasia Montansier, cela fait plaisir de voir un véritable amateur de théâtre.

— Il ne faut rien exagérer : dans la police, on s'intéresse à tout.

L'allusion à son métier jeta un froid. Eulalie Borel lança un regard appuyé à Célestin et grimpa dans la cabine. Montansier se racla la gorge.

— Eh bien ! en route, le plein est fait, nous n'avons plus qu'à lever l'ancre.

Fernand s'était bien calé à l'arrière du camion, étendu le long d'une panière de costumes. Il grignotait une pomme. Célestin, assis contre un bout de décor, se laissait ballotter par les cahots de la route. Parfois, la bâche se soulevait un peu à l'arrière et laissait voir la route grise et le morne paysage de la campagne d'hiver endormie sous la lune blanche. Cette intimité inattendue avec un homme qui aimait les hommes embarrassait le jeune policier plus qu'il n'avait voulu l'avouer. Si les copains de la section l'avaient appris, il aurait eu droit à son lot d'allusions scabreuses. Il s'en voulait pourtant de ce malaise, et surtout de ne rien trouver à dire. Ce fut Fernand qui brisa le silence, il parlait fort pour couvrir le bruit du moteur.

— Combien de temps elle va durer encore, cette guerre, à votre avis ?

— Jusqu'à ce qu'il n'y ait plus personne à envoyer se faire tuer.

— Vous n'avez pas l'air d'avoir le moral.

— Le moral, pas le moral, je ne sais plus trop… J'ai vu tellement de types se faire descendre pour rien, pour cent mètres de terrain aussitôt repris, pour une colline prétendument stratégique, ou simplement pour l'honneur d'un colonel…

— Il faut bien défendre le pays.

— Oui… Parlez-moi plutôt de votre métier. Il faut avoir de la mémoire, non, pour retenir tous ces rôles ?

— La mémoire, c'est rien, c'est juste un muscle qu'on fait travailler. C'est du talent qu'il faut avoir.

— Et ça, ça se travaille ?

— Pas vraiment. Ça s'entretient. C'est un don, quelque chose de parfaitement injuste qui est donné à certains, pas à d'autres.

— Personne n'est obligé d'être artiste.

— C'est vrai, mais il y en a qui ont ça dans la peau, et ils ont beau être mauvais comme des cochons, rien ne les empêchera de tout sacrifier pour un petit rôle, pour un bout de scène.

— Vous avez du talent, vous ?

— Ce n'est pas à moi d'en juger. Vous m'avez trouvé comment ?

— Les zigues, autour de moi, voulaient vous casser la gueule pendant le spectacle, c'est donc que vous étiez assez convaincant. Mais moi, je ne suis pas critique de théâtre.

— Vous êtes mieux que ça : vous êtes un spectateur, vous êtes le public.

Célestin alluma une cigarette.

— Et Mlle Borel, elle en a, du talent ?

— Plus qu'elle ne le pense. Elle manque seulement de confiance en elle, et préfère remettre son sort entre les griffes de Montansier.

— N'allez pas me dire que vous êtes jaloux !

— Il m'arrive d'aimer les femmes, monsieur l'inspecteur de police, même si ce n'est pas charnellement.

— Je comprends.

— Ça m'étonnerait. Je ne dis pas ça méchamment.

Profitant d'un écart de la bâche, il balança dehors son trognon de pomme et resta silencieux.

Célestin se remit à penser à cette permission exceptionnelle qu'on lui accordait puis, bercé par les secousses du voyage, il s'endormit.

Une aube glaciale se levait sur Paris quand le camion de la troupe Montansier arriva en longeant la Seine. Une forte animation régnait déjà à Bercy, où les barriques de pinard étaient chargées, déchargées, entreposées ou vidées, et le vin mis en bouteilles ou en fûts de plus petites dimensions. Célestin se réveilla en sursaut — Fernand lui avait posé la main sur l'épaule et le secouait doucement.

— Célestin… on est arrivés !

Célestin se redressa, secoua la tête et expira un grand coup. Il salua Fernand d'un signe de tête et se glissa à l'arrière de la remorque. Écartant la bâche, il regarda Paris qui s'éveillait : un bougnat traînant sur sa charrette à bras un tonneau de vin de comptoir, quelques ouvriers à vélo qui s'en allaient travailler au-delà des fortifications, un fiacre de nuit ramenant à Vincennes un fêtard encore éméché — le spectacle irréel de la paix et de la vie quotidienne, à quelques heures de route à peine du grand massacre. Le camion quitta les bords de Seine et prit par la gare de Lyon jusqu'à la place de la Nation, pour s'arrêter au début du boulevard Voltaire. La Volige vint ouvrir le bas de porte et Célestin sauta sur le trottoir en s'étirant. Il ne sentait pas ses courbatures : trop heureux de retrouver Paris, il humait l'air et regardait partout à la fois, il aurait crié de joie devant la moindre plaque d'égout ! Fernand descendit à son tour.

— Au revoir tout le monde, cria la Volige avant de s'éloigner d'un pas vif vers la rue des Pyrénées, un simple sac sur l'épaule.

Montansier vint saluer Louise.

— Nous remontons sur République, si ça peut vous arranger ?

— Merci, je vais prendre le premier métro ici.

— Vous n'êtes pas trop en capilotade ?

— Je supporterais dix voyages comme celui-ci pour échapper à une seule nuit dans la tranchée.

Montansier le toisa — l'uniforme bleu faisait une tache pâle dans la grisaille du petit matin.

— Profitez bien de votre permission. Et n'hésitez pas à revenir voir un de nos spectacles, je vous ferai une place exonérée.

Célestin remercia encore ; le directeur grimpa dans le camion et s'éloigna sur le boulevard Voltaire. Fernand était resté près de lui, il prenait lui aussi le premier métro pour remonter vers Pigalle.

— Mlle Borel ne nous a pas dit au revoir, remarqua Célestin.

— À cette heure-ci, elle juge qu'elle n'est pas encore présentable.

Ils se dirigèrent tous les deux vers l'entrée du métro, dont un employé en blouse repoussa la grille. Célestin fut le premier ce jour-là à poser le pied sur le quai de la ligne qui partait vers l'Étoile.

La Brasserie de la Reine Blanche embauchait à six heures trente. C'étaient surtout des femmes qui se pressaient, dans le froid de ce début d'hiver, vers la grande entrée, aux numéros 28 et 30 du boulevard Blanqui, que surmontait l'enseigne en demi-cercle, aux lettres blanches sur fond brun. Les deux grandes cheminées soufflaient déjà leurs nuages de vapeur, volutes blanches dans le gris du ciel. On devinait dans la cour les voitures de livraison auxquelles viendraient s'atteler, en fin de matinée, les couples de chevaux. Gabrielle Louise, veuve Massonier, marchait les yeux baissés, encore ensommeillée, perdue dans un vieux manteau de son mari dont elle avait relevé le col. Plus elle approchait de l'usine, plus se pressaient autour d'elle les silhouettes de ses camarades de travail qui, comme elle, avaient remplacé les hommes partis au front. À chaque fois que la jeune femme apercevait l'entrée de la fabrique, les grands murs blancs et la double rangée de fenêtres arrondies, elle sentait au cœur ce même pincement douloureux qui lui rappelait qu'elle avait à tout jamais perdu Jules, son gros ours rassurant qui bossait comme quatre et savait d'un coup d'œil calmer les ardeurs des chefs d'atelier, toujours prêts à demander du travail supplémentaire. Il avait disparu là-bas, quelque part à la guerre, et elle ne pouvait même pas aller mettre des fleurs sur sa tombe. Elle sentit une main se poser doucement sur son épaule, se retourna et vit un homme en uniforme de soldat, qu'elle ne reconnut pas immédiatement.

— Jules !

Le nom de son mari lui était venu d'un coup, cela avait été plus fort qu'elle.

— Gabrielle…

C'était la voix de Célestin. Elle comprit son erreur et se jeta dans les bras de son frère.

— Qu'est-ce que tu fais ici ? Tu aurais pu prévenir, quand même !

Les autres ouvrières se retournaient sur le jeune soldat en pensant à leurs maris ou à leurs frères, ou simplement à ceux qu'elles avaient dû remplacer sur la chaîne d'embouteillage ou à la manutention des casiers. Célestin expliqua en deux mots sa permission exceptionnelle.

— Ça ressemble plutôt à une réquisition ! Enfin, tu seras mieux ici que sous la mitraille. J'ai déjà perdu un mari, je ne veux pas perdre un frère.

Elle se serra contre lui avant de rejoindre à la hâte les dernières ouvrières qui arrivaient.

— File à la maison, Éliane te fera un café, et tu tomberas peut-être au moment de la tétée !

Elle fit encore un petit signe à son frère avant de disparaître dans l'usine. Il y eut le beuglement d'une sirène et les coups de sifflet des contremaîtres. Célestin regarda s'éclairer les verrières et se demanda combien d'années de sa vie sa sœur allait passer dans ce grand édifice humide et froid qui alimentait en bière la plupart des bistrots du quartier. Puis il descendit vers la rue Corvisart. Une brume opiniâtre marquait le cours de la Bièvre dont on devinait à peine les berges. Il passa le petit pont de bois et descendit l'escalier qui menait au ras de l'eau. Rien n'avait changé, la rivière charriait toujours les longues traînées blanchâtres des lessives, la même petite barque était amarrée au même poteau de bois au sommet duquel une mouette immobile fixait son œil rond sur le nouvel arrivant. Seule l'herbe de la rive, grillée par les gelées, avait disparu par plaques, laissant la place à de larges flaques de boue. La façade de la vieille maison de bois émergeait tout juste du brouillard, tons de brun et de noir dans le gris du jour. On entendait tout près les coups de battoir et les rires d'invisibles lavandières. Célestin s'avança sous l'auvent de bois et grimpa les marches qui menaient au premier étage. Il écouta un moment à la porte. Une femme murmurait doucement à son enfant de petites phrases sans suite qui parlaient seulement d'amour. Le jeune homme frappa.

— Entrez.

Il poussa la porte et pénétra dans la grande pièce où ronronnait un vieux poêle. Éliane était là, assise sur une des chaises de paille, sa petite fille dans les bras. L'enfant, repue, gentiment bercée, avait fermé les yeux. Éliane fit signe à Célestin de ne pas faire trop de bruit.

— Elle s'endort, chuchota-t-elle.

Elle se remit à la bercer tandis que Célestin tirait avec précaution une chaise à lui et s'asseyait en face de la jeune femme. Ses longs cheveux blonds qu'elle avait laissés dénoués sur ses épaules, son regard clair et tranquille, sa silhouette gracieuse lui donnaient un air de madone italienne.

Elle se leva et déposa l'enfant dans un petit lit de bois.

— Sarah a tout juste six mois aujourd'hui.

Elle revint s'asseoir près de Célestin et l'observa en souriant.

— Alors vous revoilà ? Vous avez déserté ?

— On m'a remis provisoirement à la disposition de la police. Il faut croire que je suis meilleur flic que soldat.

— Vous êtes là pour longtemps ?

— Dix jours exactement. Et j'ai hâte de savoir ce qu'on va me demander.

— Vous aurez bien le temps de passer nous voir ? Je vous ferai à manger, je vous dois bien ça.

Célestin se remémora un instant la jeune femme enceinte qu'il avait arrachée à la zone des combats[1] et le retour en train jusqu'à Paris lorsque, dans son sommeil, elle avait laissé aller sa tête sur son épaule. Il éprouvait pour Éliane une grande tendresse tout en se sentant un peu intimidé devant elle.

— Comment ça se passe avec Gabrielle ?

— On peut pas imaginer quelqu'un de meilleur que votre sœur. C'est une deuxième mère, pour Sarah.

— Comment elle se remet de la mort de Jules ?

— On n'en parle presque jamais. Des fois, seulement, elle reste les yeux dans le vague, sans bouger, sans rien dire, ça peut durer des minutes

1. Voir *La cote 512*.

entières, et alors je sais qu'elle pense à lui… Je vous sers un café, il en reste au chaud ?

Elle alla prendre la vieille cafetière émaillée posée sur la cuisinière et versa un bol fumant à Célestin. D'elle-même, elle ajouta deux tartines beurrées.

— Vous n'allez quand même pas rester comme ça ? demanda-t-elle.

— Qu'est-ce que vous voulez dire ?

— Votre uniforme, il faut le laisser. Et d'abord, il est sale. Je vais vous le laver.

— Et qu'est-ce que je vais me mettre sur le dos ?

— Il y a bien quelques affaires à Jules qui vous iront. Gabrielle a tout gardé. Allez voir dans la chambre.

Célestin acquiesça et termina son café. Éliane le surprenait toujours par son mélange de réserve et d'autorité, et la maternité lui avait donné un charme supplémentaire.

— Je ne voudrais pas vous donner du souci…

— Allez, je vous dis. Faites un ballot de vos vêtements sales, je m'en occuperai cet après-midi.

Le jeune homme se leva, il aimait obéir à cette voix-là, à cette femme encore enfant qu'il chérissait comme une petite sœur. Un quart d'heure plus tard, vêtu tant bien que mal d'une grosse chemise sans col, d'un gilet et d'un pantalon de velours ayant appartenu à Jules et qui faisaient deux bonnes tailles de trop, il salua Éliane et se dirigea d'un bon pas vers la place d'Italie. Il avait conservé malgré tout sa grosse capote de soldat avec, dans les poches, un paquet de tabac gris et un briquet de cuivre que Béraud lui avait confectionné dans une douille d'obus.

Célestin quitta le tramway à Saint-Michel et traversa la Seine à pied. Il ne se lassait pas de cette vue que la grisaille enfermait comme un écrin et que tous les mois de guerre qu'il avait connus rendaient presque irréelle. Le Quai des Orfèvres était désert. Louise se présenta au planton de garde, qui le dévisagea d'un air soupçonneux avant de lui rendre sa feuille de route.

— Le commissaire Minier est là ?

— Je l'ai vu passer, oui. Il doit être dans son bureau. Je suppose que vous connaissez le chemin ?

Célestin marmonna un remerciement et s'engouffra dans l'escalier, toujours aussi sale, toujours aussi triste et dont les mêmes marches craquaient toujours aux mêmes endroits. Au deuxième étage, la plupart des salles étaient vides. Célestin croisa seulement un vieil archiviste, les bras chargés de dossiers, qui le salua d'un vague signe de tête. Il poussa la porte de son bureau. Un type était là, debout devant la fenêtre, qui regardait la Seine. À contre-jour, Célestin le distinguait mal mais, lorsque l'homme se retourna, en l'entendant entrer, il reconnut son collègue Raymond Georges. Il était toujours aussi rond mais son visage était triste et une grande ride lui barrait le front.

— Salut, Bouboule !

— Célestin ! Nom de Dieu ! C'est gentil de

passer nous voir ! Tu ne dois pas avoir beaucoup de temps, pourtant…

Il lui serra chaleureusement la main et tint à lui offrir un verre de calva, une bouteille spéciale, rapportée de Normandie et qu'il dissimulait derrière un classeur, la réservant pour les grandes occasions. En quelques phrases rapides qui se bousculaient tant il était heureux de revoir Célestin, il raconta le départ de la plupart des inspecteurs, l'embauche d'auxiliaires à la formation rudimentaire ou trop âgés, et comment ils apprenaient au fil des semaines la mort au front des anciens collègues.

— De l'équipe de 14, il doit pas en rester le quart. Et pourtant, je te jure, on n'a jamais eu autant de boulot. Les femmes, et même les enfants, restés seuls, se mettent tous à voler dans les magasins : ils n'ont plus un rond, comment veux-tu qu'ils fassent ? Les escrocs arnaquent n'importe quel pigeon sous prétexte de collectes pour les blessés de guerre. On a même vu un malin qui vendait au marché des chaussures spéciales pour unijambistes.

— Pour vendre la paire en deux fois ?

— Non, la paire, il ne l'avait pas : il volait seulement aux étalages la chaussure mise en exposition, il pouvait pas avoir l'autre.

Raymond s'était mis à rire mais Célestin ne pouvait s'empêcher de penser aux mutilations épouvantables qu'il avait vues sur le champ de bataille. Il désigna un tas de lettres qui s'empilaient sur un des bureaux.

— Qu'est-ce que c'est ? Tes admiratrices ?

— J'aimerais bien. Ce sont des lettres de dénonciation d'espions allemands. On ne sait plus quoi en faire. Les gens deviennent dingues, ils se méfient de tout. Et toi, tu es là pour combien de temps ?

— Je ne suis pas vraiment en permission, Raymond. C'est Minier qui m'a fait revenir. Et je ne sais pas pourquoi. Il est là ?

— Dans son bureau, et de mauvaise humeur.

Il fit un geste d'encouragement à Célestin qui repassa dans le couloir pour aller frapper à la porte du commissaire.

— Entrez ! répondit une voix excédée.

Le jeune policier pénétra dans la grande pièce aux murs couverts de casiers en bois et d'étagères surchargés de dossiers. Sur un des rares espaces libres avaient été punaisés un grand plan de Paris et, curieusement, juste en dessous, le tracé de la ligne de front qui courait de la mer du Nord à la Suisse.

— Ah, Louise, vous voilà !

Minier ne semblait pas particulièrement heureux de retrouver son subordonné, il avait seulement l'air préoccupé. Il se leva pour serrer la main de Célestin et le fit asseoir devant lui.

— Vous avez fait vite, c'est bien.

Il ouvrit un dossier, se mangea nerveusement la moustache et poussa un soupir.

— Le problème, Louise, C'est qu'on ne peut pas compter sur le contre-espionnage, ils sont au-dessous de tout. Pourtant, l'affaire qui nous retombe dessus est de leur ressort, pas du nôtre.

Mais les ordres viennent de très haut : c'est à la Sûreté de mener l'enquête, pas à l'armée.

— De quelle enquête s'agit-il ?

— Vous connaissez Louis Renault, l'industriel ?

— Pas personnellement, mais qui ne le connaît pas ?

— Depuis le début de la guerre, il a mis la plus grosse part de ses usines au service du pays. Il fournit l'armée française en avions, en camions et même en obus. Louis Renault a été victime d'un cambriolage il y a quelques jours.

— En quoi cela concernerait-il le contre-espionnage ?

— La seule chose qui lui ait été dérobée, Louise, ce sont les plans ultrasecrets d'un petit char de combat, le FT 17, une arme nouvelle qui, d'après certains experts, serait susceptible de nous apporter la victoire.

— Ah ? Je demande à voir…

— La question n'est pas là. Si ces plans tombent dans des mains ennemies, c'est un vrai désastre.

— Il n'y a pas déjà eu des engins de ce type, et ça n'a rien donné ?

— Ils étaient trop grands, trop lourds, paraît-il. L'invention de M. Renault semble révolutionnaire, il faut à tout prix retrouver ces plans. Et démanteler du même coup le réseau d'espionnage qui s'en prend à ses usines. Vous comprenez bien qu'il s'agit de l'intérêt national, mais le ministère tient à ce que je m'occupe personnellement de cette affaire. C'est pour cela que je vous ai fait revenir.

— Pourquoi moi ?

— Parce que d'abord je n'ai plus d'enquêteur qualifié sous la main. Ensuite, que vous êtes, provisoirement je l'espère, un soldat, et donc mieux en mesure de comprendre les enjeux de cette invention et d'en parler avec M. Renault et ses ingénieurs. Enfin, parce que votre enquête sur la mort du lieutenant de Mérange[1] n'est pas passée inaperçue et que vous vous êtes fait une réputation de fin limier auprès de certains officiers, ce qui m'a facilité les choses pour votre permission. Ça vous suffit ?

Célestin acquiesça. Il ne se sentait pas particulièrement préparé à ce genre d'enquête, mais la perspective de faire la connaissance du plus prestigieux industriel français lui plaisait assez. Ni vraiment civil, ni vraiment militaire, il allait devoir évoluer aux marges de la guerre dans ce monde des coups tordus qu'on appelait « le renseignement ».

— Je commence par où ?

1. Voir *La cote 512*.

CHAPITRE 3

LOUIS RENAULT

La Sûreté avait bien fait les choses : on avait mis à la disposition de Célestin une automobile et un chauffeur, Mathurin Daniel, un vieil artisan de la butte Montmartre qui avait laissé son taxi à la bataille de la Marne et qu'on avait, du coup, embauché comme auxiliaire de police. Mathurin connaissait Paris comme sa poche, et pas seulement le nom des rues : il connaissait les bistrots, les restaurants, les hôtels et même les lupanars, des plus chics aux plus misérables, avec en plus une idée précise de la clientèle qui fréquentait les uns et les autres. Il conduisait vite et bien, et Célestin, assis à côté de lui, l'écoutait volontiers raconter ses souvenirs au fil des rues. Alors qu'ils passaient dans la rue de l'Arcade, près de la place de la Madeleine, le vieux taxi lui montra un immeuble discret dont les fenêtres étroites étaient fermées de volets.

— Vous voyez cette porte, là, avec le petit réverbère au-dessus ? C'est un claque pour la haute. J'y ai conduit au moins deux ministres et je ne sais combien de sénateurs. Mais eux, ils préfèrent ramener leurs poules dans des garçonnières. Et après, ils viennent nous faire la morale et se montrer avec Bobonne dans les inaugurations !

Il faisait très froid et les brumes de l'aube ne laissaient pas percer le soleil. Mathurin était passé prendre Célestin chez lui, rue Sainte-Croix-de-la-Bretonnerie, salué du bout des lèvres par la concierge, Anna Le Tallec, dont le neveu était revenu défiguré de la guerre. La pauvre femme lui écrivait chaque semaine à Loudéac, au cœur de la Bretagne, pour lui remonter le moral, elle qui n'en avait plus beaucoup. Célestin avait retrouvé un logement glacial, mais c'était si bon de se glisser dans des draps, dans un vrai lit. Il avait dormi d'une traite, d'un sommeil de plomb. Il avait quitté les vêtements trop grands de Jules et s'était habillé chaudement et du mieux qu'il pouvait, impressionné à l'idée de rencontrer Louis Renault. Mathurin avait contourné l'agitation des Halles par la rue Étienne-Marcel et la place des Victoires, avant de remonter vers le dix-septième. Il gara la voiture devant la façade imposante de l'hôtel particulier de la rue Puvis-de-Chavannes. Le portail de la cour était fermé. Au-dessus de chaque pilier se dressait un lion, la patte avant droite posée sur un globe, symbole de puissance. À gauche du portail, une lourde porte en bois, plus petite et percée d'un judas grillagé de cuivre, était dotée d'une sonnette électrique sur laquelle Célestin appuya. Il était huit heures moins une. Louis Renault lui accordait exactement une demi-heure, jusqu'à huit heures trente, et pas une minute de plus.

Un majordome conduisit Célestin dans un petit salon confortable meublé d'un sofa, de deux fauteuils et d'un guéridon recouvert de dentelle. Aux murs, deux toiles de Monet se faisaient face : d'un côté un paysage de Vétheuil, de l'autre une vue de la gare Saint-Lazare où les nuages de vapeur des locomotives se gonflaient en larges panaches sous la lumière de la grande verrière. Le domestique allait quitter la pièce lorsque Célestin lui demanda :

— Vous étiez là, le soir du vol ?

— Madame m'avait donné ma soirée, monsieur. Je suis rentré plus tard, la police était déjà là.

Il soupira.

— C'est un bien grand malheur, monsieur. Désirez-vous une tasse de café ?

— Non, merci.

Le majordome sorti, Célestin eut à peine le temps de jeter un coup d'œil par la fenêtre qui donnait sur un jardin fermé de murs situé à l'arrière du bâtiment : déjà, Louis Renault entrait. L'homme n'était pas très grand, mais il émanait de lui un tel charisme que Célestin en fut tout intimidé. Les yeux brillants, le nez fort, la silhouette sèche et toute en muscles, les cheveux et la moustache noirs, l'élégance sobre, tout indiquait chez le jeune industriel (il n'avait pas encore passé quarante ans) une énergie folle mise au service d'un seul but, d'une seule passion, en l'occurrence la construction mécanique. Il serra la main du policier, sa poigne était ferme et ses manières simples.

— Bonjour, monsieur, je suis l'inspecteur Célestin Louise et c'est moi qui...

— Je sais, l'interrompit Renault, vos supérieurs m'ont tout expliqué. Cette affaire me contrarie beaucoup. C'est un coup terrible, d'abord pour ma réputation, ce qui n'est pas si grave, mais surtout pour l'armement français, ce qui l'est infiniment plus.

— Ce sont les plans d'un char d'assaut qui vous ont été dérobés ?

— Oui, le FT 17, un engin blindé de quatre tonnes armé d'une mitrailleuse ou d'un canon de trente-sept, capable de gravir des pentes à quatre-vingts pour cent et de progresser à douze kilomètres à l'heure. Construit en série dans des délais que je suis le seul à pouvoir tenir. Pour moi, c'est l'engin de la victoire. Vous qui revenez du front, qu'en pensez-vous ?

— Évidemment, s'il peut nous éviter de nous faire massacrer pendant les assauts...

— Il peut faire mieux : non seulement il vous protégera, mais il emportera les positions ennemies. À condition de ne pas laisser ces fichus plans tomber dans les mains des Allemands.

— Vous avez une idée de qui a pu les dérober ?

— Le commissaire Minier m'a déjà interrogé là-dessus. Nous n'étions que trois à connaître la combinaison du coffre (qui, je vous le rappelle, n'a pas été forcé) : moi, ma femme, qui y met parfois ses bijoux et mon directeur, Pierre Dubreuil, un homme au-dessus de tout soupçon. Tout ce que je peux vous dire, c'est que le voleur avait une idée précise des lieux, qu'il n'a fait aucun bruit et qu'il a agi avec beaucoup de rapidité.

— Il savait que vous étiez à l'Opéra ?

— Probablement. Vous n'ignorez pas que ma femme est cantatrice, et je suis son premier admirateur.

— D'après mes notes, vous avez ici trois personnes à votre service ?

— C'est exact : Léon, le majordome qui vous a accueilli, Henriette, notre cuisinière depuis près de dix ans, et Albertine, la femme de chambre. Il y a aussi Joseph, mon chauffeur. Mais ce sont des gens honnêtes et… Enfin, faites votre métier. Il est très important que ces plans soient retrouvés le plus vite possible.

— J'ai bien compris, monsieur, et nous n'allons pas ménager nos efforts, je vous l'assure.

— Vous êtes jeune, cela me plaît. Je compte aussi sur votre discrétion.

Il emmena ensuite Célestin dans son bureau, lui montra le coffre qui avait été ouvert et les accès possibles à la pièce. Il reconnut qu'il avait sans doute été imprudent en laissant la cour et le bâtiment ouverts.

— Je pensais que la lumière dans le hall et la présence éventuelle des domestiques étaient suffisamment dissuasives. J'ai eu tort.

— Le ménage n'a pas été fait dans cette pièce depuis le vol ?

— Rien n'a été touché, hormis mes dossiers sur le bureau.

— Et vous êtes certain d'avoir bien refermé le coffre lors de sa dernière utilisation ?

— Certain. Je vérifie toujours.

Célestin se mit à genoux pour observer la porte du coffre, qui ne présentait pas la moindre éraflure, puis il regarda autour de lui. Un reflet métallique, sur le tapis, attira son attention : c'était une épingle de couture dont la tête arrondie était teinte en orange. Il la ramassa, se releva et la présenta à Louis Renault.

— C'est à vous ?

— Pas précisément. À ma femme, sans doute, peut-être pour tenir ses cheveux.

Célestin acquiesça, il n'avait pas envie d'apprendre à l'industriel, qui s'y connaissait d'évidence beaucoup mieux en mécanique qu'en coiffure, que l'épingle qu'il venait de trouver n'avait rien à voir avec une épingle à cheveux.

— Je vous laisse, inspecteur, et je vous souhaite bonne chance. La maison est à vous, n'hésitez pas à sonner Léon si vous avez besoin de quoi que ce soit.

Après un silence, il ajouta :

— La guerre est un immense gâchis, inspecteur, un gâchis d'hommes et de matériel. C'est de tout cœur que je mets mon industrie au service de ma patrie, mais croyez bien que je me passerais volontiers de fabriquer des obus et des tanks !

Après une nouvelle poignée de main, Louis Renault s'éclipsa. Par la fenêtre du bureau, Célestin le vit monter dans sa voiture et démarrer sur les chapeaux de roue.

— Je dormais, monsieur, je n'ai rien vu, rien entendu, sauf quand les policiers sont arrivés et ont frappé à ma porte pour m'interroger.

Albertine Bléthu, vingt-sept ans, jolie petite brunette aux grands yeux clairs écarquillés, répétait pour la troisième fois à Célestin qu'elle n'était au courant de rien. Il avait tenu à l'interroger dans la cuisine, immense espace en sous-sol suffisamment équipé en fourneaux, éviers, bacs, tables à découper, casseroles, poêles et ustensiles divers pour alimenter quotidiennement une bonne vingtaine de personnes. Tout cet équipement n'était utilisé à plein que pour les grands dîners, à l'occasion desquels on embauchait quelques extra. Albertine était mignonne et passablement affolée. Même si l'on tenait compte des circonstances exceptionnelles, il y avait dans son émotion un trouble particulier que le policier connaissait bien : la jeune femme lui cachait quelque chose. Mais il ne fallait pas la prendre de front.

— De toute façon, ajouta Albertine, ma chambre donne sur l'arrière, quelqu'un pourrait se faire assassiner ici sans que j'entende rien.

— Bien, je vous remercie, conclut Célestin. Je ne vais pas vous embêter plus longtemps pour le moment. Et je suppose que Mme Renault va avoir besoin de vos services ?

— Oh non, minauda la domestique, surtout ne l'appelez pas «Mme Renault», elle serait capable de se mettre très en colère.

— Ah oui : Mme Jeanne Hatto, c'est ça ?

— Oui, c'est mieux.

Albertine Bléthu s'éclipsa, visiblement soulagée d'échapper aux questions du policier. Célestin commençait à comprendre pourquoi Minier se déchargeait sur lui de cette enquête trop délicate. Il détailla machinalement la jolie silhouette qui s'éloignait, puis prit quelques notes sur son calepin.

— Il va pas falloir rester là, monsieur l'inspecteur.

La cuisinière venait d'entrer, une petite dame rondelette aux yeux vifs, les pommettes rouges, les cheveux gris relevés en chignon. Sur une robe de laine noire, elle portait un tablier à carreaux. Elle posa un sac de victuailles sur une grande table en bois.

— Monsieur a un couple d'invités ce midi, il faut que je me mette au travail.

— Ne vous gênez pas pour moi, ça ne m'empêche pas de vous poser des questions.

— J'ai déjà dit tout ce que je savais, c'est-à-dire pas grand-chose. Après les journées que je fais ici, quand je me couche je m'endors tout de suite. Ce qui ne m'empêche pas d'être la première levée.

— Avant Albertine ?

— Oh, elle, grimaça Henriette, ça m'est déjà arrivé de la tirer du lit alors que Madame l'appelait déjà.

— À son âge, on aime dormir.

— Au mien aussi, monsieur. Mais moi, je ne fais pas de folies, la nuit.

— Qu'est-ce que vous appelez des folies ?

Henriette ne répondit pas immédiatement, elle fit mine de s'absorber dans la recherche d'un couteau à éplucher. Elle regrettait peut-être d'en avoir trop dit.

— Tout ça n'a rien à voir avec votre affaire.

— Mais encore ?

— Il lui arrive plus souvent qu'à son tour de se donner du bon temps avec un jeune coq du quartier. Le problème, c'est qu'elle le fait venir ici.

Célestin fronça les sourcils.

— Vos patrons sont au courant ?

— Vous plaisantez ! Ça ne leur plairait pas du tout.

— Et vous le connaissez, ce jeune homme ?

— Non, je n'ai pas été présentée ! Je crois qu'il travaille dans le coin, peut-être comme artisan.

Elle mit une grosse casserole d'eau à chauffer. Célestin referma son carnet de notes et se leva.

— Ne répétez pas à Albertine ce que vous venez de me dire.

— Ne vous faites pas de souci pour ça.

De toute évidence, la cuisinière n'était pas mécontente d'avoir mis sa jeune collègue dans une position délicate. Il devait y avoir entre elles de sourdes jalousies que Célestin préférait ne pas explorer. Il avait pour l'instant tout ce qu'il désirait : un suspect.

En sortant, Célestin croisa au bas du grand escalier Albertine qui montait à sa maîtresse le plateau du petit déjeuner.

— Vous pensez que je pourrai interroger votre maîtresse ce matin ?

— Je ne crois pas, monsieur, elle a une répétition, elle doit partir dans une heure à l'Opéra.

— Vous pouvez la prévenir que je passerai la voir là-bas ?

— Bien sûr.

Célestin salua et sortit, suivi des yeux par la jeune domestique, inquiète. Devant l'hôtel particulier, Mathurin, tranquillement adossé à sa voiture, fumait la pipe. Le froid piquant ne semblait pas avoir prise sur lui. Un instant, le policier pensa à ses camarades de combat restés là-bas, dans la tranchée, le petit Béraud, le gros Flachon, Peuch, qui s'enfermait dans sa tristesse, et le lieutenant Doussac, si jeune…

— On roule ? demanda Mathurin.

— On roule : on va à Billancourt.

— Billancourt… c'est pas la même chanson ! s'amusa le vieux chauffeur en se mettant au volant.

Ils redescendirent par l'Étoile et le Trocadéro, puis s'engagèrent sur le quai, longeant la Seine. Un soleil timide se dégageait des brouillards du matin, couvrant le fleuve d'innombrables petits miroirs étincelants au milieu desquels une grosse Freycinet aux flancs noirs se traçait un chemin. Ils croisèrent deux camions bâchés et une voiture à cheval. Tout paraissait si normal, si paisible que la guerre pouvait n'avoir été qu'un mauvais rêve, le cauchemar de quelques fous décidés à mourir. Mais les images revinrent brutalement à l'esprit de Célestin, les blessures horribles, l'entassement des morts, le cri insoutenable des blessés dans le fracas des bombes... Pâle, les mâchoires crispées, il sentait monter en lui l'angoisse et le dégoût.

— Ça ne va pas ?

— C'est la guerre, Mathurin, elle me colle à la peau.

— Je peux comprendre ça. Le peu que j'en ai vu, à la bataille de la Marne, ça m'a suffi. Tenez, voilà, on arrive.

Ils arrivaient en vue des immenses verrières des ateliers Renault. Une colonne de camions militaires quittait l'usine, tous chargés de ces obus de soixante-quinze si précieux pour les combattants, et que l'industriel de Billancourt s'était engagé à fabriquer en nombre suffisant, mettant une bonne partie de ses ateliers au service de la machine de guerre. Célestin fut frappé de la façon dont la gigantesque usine avait repoussé la ville, essentiellement des petits pavillons avec jardin, marquant le long du quai son territoire de ferraille et de bruit, dont les frontières n'étaient pas uniformément tracées. Sur les trottoirs de certaines rues, des tas de gravats, des monceaux d'ustensiles rouillés hors d'usage, des petites maisons aux volets fermés, aux jardinets laissés à l'abandon, témoignaient de la guerre de conquête que l'industriel menait contre ses voisins. Mathurin laissa passer les camions et gara la voiture dans la cour de l'usine. Là, un pavillon assez imposant avait été transformé en bureaux pour l'administration. Célestin grimpa les marches du perron en regardant autour de lui. L'usine ressemblait à une fourmilière. Partout, des employées en blouse grise, des ouvriers en grosse veste noircie de graisse, des livreurs et des magasiniers poussant des chariots de pièces détachées se croisaient, pressés de regagner leurs bureaux ou leurs ateliers. Là encore, beaucoup de femmes avaient été engagées, tout spécialement dans les fabriques d'obus. Les grandes grèves que l'arrivée du taylorisme avait provoquées quatre années auparavant semblaient complètement oubliées, et Célestin n'ignorait pas que, à Billancourt, en ces temps de guerre, les ouvriers trop peu nombreux faisaient des journées de onze heures. Une secrétaire aux grands yeux tristes avertit Pierre Dubreuil de l'arrivée du jeune policier. Deux minutes plus tard, un petit homme sec et glabre, au visage en triangle, aux yeux noirs et vifs, les commissures des lèvres marquées de deux grandes rides verticales, se précipita sur Célestin et lui serra la main.

— Je suis Pierre Dubreuil, je suis enchanté de vous rencontrer, bien que les circonstances soient assez navrantes. J'ai peu de temps à vous consacrer, mais si vous voulez bien me suivre dans mon bureau…

La petite pièce vitrée était à ce point encombrée de dossiers, de plans de moteurs, d'affiches de réclame, de documents officiels, que Célestin se demanda comment Dubreuil faisait pour s'y retrouver. Un combiné téléphonique assorti de plusieurs interrupteurs trônait sur un bureau recouvert d'études et de statistiques. Le directeur désigna à Célestin un fauteuil rempli de paperasses sur lequel il n'osa pas s'asseoir. Dubreuil parlait vite, sur un ton cassant ; il donnait l'impression d'une grande intelligence — et d'être sur les nerfs.

— Combien de fois n'ai-je pas dit à Louis Renault de ne pas entreposer chez lui de documents importants ! Ici, à l'usine, nous avons des coffres de haute sécurité, et une surveillance permanente, jour et nuit. Il faut dire que nous avons tellement de problèmes avec ce petit char, un jour ils le veulent d'urgence, le lendemain ils n'en veulent plus… Vous savez quelle est la plus grande faiblesse de ce pays, inspecteur ? Le poids de l'administration. Je ne parle pas de la police, qui fait ce qu'elle peut dans des temps difficiles.

Au passage, il signa un courrier et referma une chemise en carton. Puis il se laissa tomber dans son fauteuil et fixa des yeux le policier.

— Alors ? En quoi puis-je vous aider ?

— Vous savez que le coffre de M. Renault n'a pas été forcé. Vous n'étiez que trois personnes à en connaître la combinaison : lui, sa femme et vous.

— En somme, je suis suspect ? demanda Dubreuil avec un brin d'ironie.

— Pas exactement, non. Mais je voudrais avoir votre opinion sur ce vol. Vous avez bien une idée ?

Dubreuil se gratta le menton, mal à l'aise.

— De toute façon, c'est une affaire délicate. Tout ce que je peux vous affirmer, sous le sceau du serment, c'est que je n'ai jamais communiqué à qui que ce soit les chiffres de cette combinaison. Je ne les ai jamais non plus notés nulle part, je les sais par cœur, et à moins d'avoir parlé dans mon sommeil…

— Vous êtes marié ?

— Je suis veuf, je n'ai pas de maîtresse et je partage mon appartement du boulevard Malesherbes avec ma fille, Isabelle, qui vient de fêter ses vingt ans. Inutile de vous préciser qu'elle est complètement en dehors de cette histoire.

— Reste Mme Renault, ou plutôt Mme Jeanne Hatto.

Les deux hommes échangèrent un regard, Dubreuil était embarrassé.

— C'est une très grande artiste. Vous l'avez déjà entendue chanter ?

— Je ne vais pas souvent à l'Opéra. Et nous n'avons pas eu le plaisir de voir Mme Hatto sur nos lignes.

Dubreuil ne semblait pas comprendre.

— J'arrive du front. Et c'est vrai que nous aurions bien besoin de votre char d'assaut.

— Mais c'est très intéressant, ce que vous me dites là ! Vous connaissez le colonel Estienne ?

— Il m'arrive de parler au lieutenant Doussac, qui commande ma section. Mes relations ne vont pas plus loin.

— Bien sûr… Mais il faudrait que vous rencontriez le général, il est parfois à court d'arguments pour défendre notre projet, je suis certain que vous pourriez lui fournir des détails, lui raconter la réalité des combats de votre point de vue. Et nous emporterions la décision finale ! Je m'en occupe.

Il se leva et, à mille lieues de l'affaire des plans volés, serra la main de Célestin. Ou était-ce une manœuvre pour éviter de parler de Jeanne Hatto ?

— Je peux visiter votre usine ?

— Mais comment donc. Je vais appeler un contremaître.

Dubreuil décrocha son combiné et composa un numéro. Malgré la fenêtre fermée, on pouvait entendre le vacarme des presses et les pétarades des moteurs à l'essai.

Sous la direction d'un grand type longiligne au visage triste, Célestin put suivre, d'atelier en atelier, la construction d'un véhicule : déstockage des pièces, assemblage, forge, emboutissage, soudures, alésage, carrosserie, peinture, et puis les premiers tours de roue jusqu'à l'aire de stationnement. Partout, des ouvrières occupaient les postes de travail : longues robes ou même pantalons de grosse toile laissant voir les chevilles et les chaussures à lacets, tabliers bleus, parfois des petits chapeaux ronds resserrés autour de la tête. Elles jetaient à leur passage des coups d'œil méfiants au contremaître, plus amènes ou franchement égrillards à Célestin. Trois immenses ateliers avaient été affectés à la fabrication des obus. Les ouvrières y travaillaient en ligne, assises le long de tables en bois sur lesquelles se dressaient, presque obscènes, les obus de soixante-quinze étincelant de tout leur cuivre, au sommet desquels elles vissaient soigneusement les détonateurs. De nouveau, le fracas de la guerre et de la mitraille traversa l'esprit de Célestin, il se rappela ces interminables duels d'artillerie qui tantôt passaient au-dessus de leurs têtes, tantôt venaient semer la mort dans les tranchées. Il était fasciné par ces cônes meurtriers manipulés par des mains féminines. Le contremaître l'arracha à sa contemplation.

— Je crois qu'on a tout vu.

— Oui, je vous remercie.

En quittant l'atelier, il avait une idée plus juste de ce que Louis Renault appelait un gâchis, il comprenait mieux quel effort démesuré la guerre demandait non seulement aux jeunes hommes qui lui sacrifiaient leurs vies, mais encore au pays tout entier. Il retrouva Mathurin à l'entrée, en grande discussion avec une femme d'une cinquantaine d'années, aux épaules larges, aux mains comme des battoirs. Ayant remis la voiture en marche, il confia au policier que c'était une ancienne de ses maîtresses qui avait abandonné son travail aux Halles pour se mettre à la mécanique. Il soupira.

— Tout ça, c'est pourtant pas des trucs de femme ! Quand la guerre sera finie, ça va faire des embarras.

— Il faut d'abord qu'elle finisse, Mathurin. Après, il sera toujours temps de discuter. En attendant, si on allait casser la croûte ?

— Ça tombe bien, je connais un petit caboulot à Meudon où la patronne fait une blanquette à tomber par terre !

En haut des marches de l'imposante façade, Célestin trouva les grilles de l'Opéra fermées. Il dut contourner l'édifice, le plus grand du monde à ce qu'on disait, pour trouver l'entrée des artistes. Deux jeunes filles élancées et gracieuses le dépassèrent en babillant, deux danseuses qui gravirent lestement un escalier de bois. Un concierge revêche demanda à Célestin ce qu'il voulait.

— J'ai rendez-vous avec Mme Jeanne Hatto.

— Vous êtes journaliste ?

Célestin montra sa carte de la Sûreté, ce qui eut pour effet de déconcerter le pipelet.

— Il se passe quelque chose ?

— Rien qui vous concerne, ne vous inquiétez pas.

Un peu vexé d'être tenu à l'écart, le concierge se leva.

— Je vais la faire prévenir.

Il traversa le couloir et disparut derrière une porte grise. Célestin eut encore le temps d'admirer trois ou quatre charmantes artistes qui venaient à leur cours. L'une d'entre elles, amusée, demanda même si c'était lui qui allait tenir la loge désormais.

— Non, je suis seulement de passage.

— Dommage !

La jeune femme et son amie éclatèrent de rire et s'éloignèrent en faisant un petit signe à Célestin. Le concierge revint accompagné d'un tout jeune homme à l'air dégourdi.

— Firmin va vous emmener.

Ils suivirent tout un dédale d'escaliers et de couloirs sombres où s'ouvrait parfois un œil-de-bœuf laissant filtrer à travers sa poussière la lumière lointaine d'un ciel qu'on devinait bleu. Parfois, sur un palier où s'ouvraient plusieurs portes, leur parvenaient le son d'un piano et la voix autoritaire d'un professeur de danse :

— Et un, et deux, et trois, et quatre, fléchi ! Et un, et deux, et trois, et quatre !…

La porte d'une des salles comportait deux petites fenêtres. Célestin s'approcha et se hissa, pour mieux y voir, sur la pointe des pieds. Sous la direction d'un maître de ballet en collants, une quinzaine de danseuses en tutu s'avançaient les unes derrière les autres, les bras levés en arrondi, les pieds cambrés sur les pointes. Le jeune policier reconnut plusieurs des délicieuses créatures qu'il avait vues défiler devant la loge, mais l'effort et la concentration ne leur donnaient plus envie de rire. Firmin vint regarder à son tour.

— Elles sont belles, hein ?

— C'est leur métier.

— Des fois, il y a des gros richards qui me donnent la pièce pour que je les laisse venir ici. Et je vous dis rien des bouquets de fleurs… d'ici une demi-heure ça va commencer, elles auront toutes le leur, des fois même deux ou trois. Ils sont comme des fous autour d'elles !

— Désolé, ce n'est pas dans mes moyens.

Ils arrivèrent enfin dans les loges. Firmin frappa à celle de Jeanne Hatto. Un homme mince portant un gilet à fleurs sur une chemise blanche aux manches retroussées vint ouvrir. Il pouvait avoir cinquante ans mais son visage émacié contrastait avec ses cheveux noirs visiblement teints.

— Il y a ce monsieur qui veut voir Mme Hatto.

— Célestin Louise, de la Sûreté. Mme Hatto

est au courant, je viens de la part de Louis Renault.

— Oui, je sais. Je suis Claude Gilles, son habilleur. Mme Hatto est actuellement en répétition sur scène, elle ne devrait pas tarder. Entrez, je vous en prie.

Sa voix était grave et calme. Firmin s'éclipsa. Gilles s'effaça pour laisser le policier entrer dans une loge spacieuse composée de deux pièces. La première était une sorte de salon décoré avec soin. Un canapé y faisait face à deux confortables fauteuils, un immense bouquet de fleurs posé sur un guéridon dégageait de délicieux parfums, il y avait même un piano droit sur lequel s'entassaient des livrets et des partitions. Sur une table basse, des verres en cristal, quelques bouteilles d'alcool, une boîte de chocolats. Un lourd rideau de velours bleu nuit masquait la porte qui séparait ce salon de la loge proprement dite. Célestin désigna le rideau.

— Vous permettez ?

— C'est la loge de Mme Hatto.

— Ça vous dérange si je jette un coup d'œil ?

L'habilleur eut une mimique excédée, il semblait qu'il y eût là comme un crime de lèse-majesté.

— Je suppose qu'on ne peut rien vous refuser ?

— Ça dépend qui, quoi et où, répondit Célestin en écartant le rideau.

La loge elle-même, quoique vaste, répondait aux critères habituels : une longue table couverte de produits de maquillage, de petits accessoires, de pots, de fioles et de tubes, était accolée au mur.

Au-dessus, un miroir éclairé par deux rangées d'ampoules électriques. Face au miroir, une chaise en bois avec un coussin, un portemanteau chargé de peignoirs, de foulards, d'écharpes, une table d'ébène portant une carafe d'eau et deux verres. Au fond, un paravent à quatre pans décorés d'estampes chinoises. Partout, des photographies, des petits mots de félicitation, des cartes de visite aux noms prestigieux. Toute l'élite du pays s'était donné rendez-vous sur les murs de la loge : académiciens, grands artistes, industriels, hommes politiques et même quelques généraux.

— Sa maquilleuse l'accompagne sur scène ?

— Mme Hatto se maquille elle-même.

— Et en dehors de vous, qui s'occupe d'elle ?

— Personne, mis à part Joseph, le chauffeur de M. Renault, qui vient la prendre quand Monsieur ne peut pas venir.

Encore une personne à interroger, pensa Célestin. Il dévisagea l'habilleur, qui ne faisait rien pour paraître sympathique, bien au contraire. L'intrusion de la police dans son petit monde artistique semblait le mettre hors de lui. Que pouvait-il savoir des plans d'un char d'assaut dont il devait ignorer jusqu'à l'existence ?

— Vous voyez souvent M. Renault ?

— Bien sûr. Je suis toujours là quand il vient voir Mme Hatto.

— Vous vous entendez bien avec lui ?

— Nous avons très peu de contacts.

Célestin jeta encore un coup d'œil à la loge, détaillant les bibelots, les cartes, les accessoires.

Son regard tomba sur une pelote d'épingles, un de ces petits coussins que les tailleurs enfilent à leur bras et sur lequel ils piquent les épingles dont ils ont besoin pour fixer des mesures à l'essayage. Il s'avança pour mieux voir : la plupart des épingles portaient des têtes orange.

— C'est Mme Hatto qui se sert de ces épingles ?

— C'est elle et moi. J'en ai souvent besoin pour fixer des accessoires sur ses costumes.

— Les utilise-t-elle en dehors de la scène ?

— Je ne l'ai jamais remarqué précisément, mais je suppose que cela peut arriver.

— Et vous ?

— Comment cela, moi ?

— En avez-vous l'utilité en dehors d'ici ?

— Pas vraiment. Mais j'en ai toujours une ou deux fixées à mon vêtement, c'est un vieux réflexe de métier.

Il ouvrit son gilet : dans la doublure intérieure étaient plantées quatre épingles à tête orange. Au même moment, on entendit s'ouvrir la porte de la loge.

CHAPITRE 4

JEANNE HATTO

Jeanne Hatto traversa comme une furie le petit salon.

— Claude !

L'habilleur lança à Célestin un regard amusé, comme pour lui souhaiter bien du plaisir, puis se tourna vers la cantatrice qui entrait. Jeanne Hatto en imposait d'emblée, à la fois par sa stature, qui évoquait celle des déesses antiques, et par la noblesse de son maintien, qu'une longue robe blanche aux multiples drapés accentuait encore. Ses yeux clairs, gris avec des reflets bleu pâle, donnaient à son regard une profondeur intimidante. Mais, pour l'heure, elle semblait passablement énervée. Sans même paraître remarquer le policier, elle se planta devant son habilleur.

— Il va falloir changer cette robe, ça n'ira pas.

— Elle vous va à merveille, madame.

— La question n'est pas là. On a confié la mise en scène de ce *Don Giovanni* au fils Coquelin, il se prend pour un immense artiste, pour un grand créateur, or il n'a pas l'ombre d'une idée. Ce n'est pas une mise en scène, c'est une suite d'effets. Maintenant, il veut de la couleur !

Elle écarta les bras pour mieux faire apparaître la blancheur immaculée de sa robe. Claude Gilles était consterné. Célestin, immobile, n'osait même pas se présenter. Par un curieux renversement que le lieu, probablement, imposait, c'était son enquête qui lui paraissait soudain futile à côté des problèmes de costumes de Mme Hatto.

— Vous avez une idée ?

— Donnez-moi un jour ou deux, madame. Je vais conserver le bâti et je pense qu'avec quelques teintures nous pourrons nous débrouiller. Il faudra aussi penser à charger en accessoires. Je n'ai pas envie d'abandonner cette robe.

— Parfait, Claude, je compte sur vous.

Elle se laissa tomber sur le siège, devant la glace, et consentit enfin à jeter un coup d'œil au reflet de Célestin.

— À qui ai-je l'honneur, monsieur ?

— Célestin Louise, de la Sûreté.

Il fit mine de sortir sa carte, la cantatrice l'arrêta d'un geste dédaigneux.

— Ah oui, on m'a parlé de vous... C'est à cause du vol chez Louis, n'est-ce pas ?

— Je ne vais pas vous déranger longtemps, je voudrais seulement vous poser quelques questions de pure routine.

— La routine... Comme votre métier doit être ennuyeux !

— Pas aujourd'hui, répliqua Louise.

Sensible au compliment, Jeanne Hatto esquissa un sourire.

— Par quoi commençons-nous ?

— Par ce que vous avez vu le soir du vol, et si vous avez remarqué quelque chose de particulier, de bizarre...

— Mis à part ce coffre ouvert, il n'y avait rien de bizarre. J'étais moi-même épuisée après la représentation, Wagner me vide, vous comprenez ? J'ai laissé Louis dans le hall, il désirait travailler un peu avant de se coucher, et je suis montée directement dans la chambre.

— Ce coffre, l'utilisez-vous vous-même pour y entreposer des objets personnels ?

— Cela m'arrive, en particulier pour les bijoux. Fort heureusement, je n'en avais pas laissé ce soir-là. Et, vous devez le savoir déjà, je possède la combinaison de ce coffre-fort.

Elle avait défait le chignon qui tenait ses cheveux pendant la répétition, les laissant tomber comme une grande cascade brune aux reflets roux sur ses épaules rondes. Elle prit une brosse et commença à se coiffer. L'habilleur se tenait toujours dans l'embrasure de la porte, il semblait prêt à défendre la chanteuse si le policier se montrait trop agressif ou trop curieux. Jeanne se tourna vers Célestin.

— Vous me suspectez ?

Une petite moue dubitative indiquait clairement qu'elle n'en croyait rien.

— Je ne suspecte personne encore, madame, ou alors trop de monde. Puis-je savoir quel jour exactement vous avez utilisé ce coffre pour la dernière fois ?

— Il y a un peu plus d'une semaine, j'y ai entreposé un collier de perles que Louis m'a offert et auquel je tiens beaucoup. Je l'y ai laissé vingt-quatre heures et je l'ai repris.

— Saviez-vous que M. Renault y avait rangé les plans du FT 17 ?

— Louis ne me parle jamais de ses affaires, toutes ces histoires techniques, pour moi, c'est de l'hébreu. Je n'y comprends rien, mais j'apprécie le confort de ses voitures.

L'habilleur se gratta la gorge pour attirer l'attention de Jeanne.

— Madame, n'oubliez pas le rendez-vous avec votre nouvelle pianiste.

— Ah oui, merci, Claude. J'ai une mémoire infaillible pour la musique, inspecteur Louise, mais pour le reste j'ai tendance à tout oublier. Vous avez d'autres questions ?

— Pas pour l'instant, je vous remercie. Mais il est possible que, dans les jours qui viennent...

— N'hésitez pas. Cette malencontreuse affaire bouleverse Louis, et si je peux vous aider à trouver la solution, je le ferai volontiers.

Machinalement, elle avança le bras, pour un baisemain. Célestin, déconcerté, prit la main de Jeanne Hatto et la serra maladroitement. Puis il quitta la loge. Claude Gilles s'effaça pour le laisser passer.

— Enlevons cette robe, Claude, je vois que je suis en retard ! s'inquiéta la cantatrice.

Célestin faillit se perdre en redescendant de la loge. Au détour d'un couloir, il tomba sur le groupe de danseuses qui sortaient de leur répétition. Les filles, trempées de sueur, avaient défait leurs cheveux et regagnaient leurs loges en échangeant des bêtises qui les faisaient rire. Leurs yeux s'allumèrent quand elles remarquèrent Célestin, embarrassé, victime toute désignée de leurs plaisanteries.

— C'est le nouveau danseur étoile ? hasarda une grande rouquine en éclatant de rire.

— Il est un peu trop viril, non ? taquina sa voisine.

La jolie brune qui avait abordé Célestin devant la loge le reconnut.

— Toujours de passage ?

— Je crois que je me suis perdu.

— Un homme perdu ! Chic ! Et où allez-vous comme ça ?

— Je m'en vais, je cherchais la sortie.

— Alors je vous raccompagne.

Elle mit son bras sous le sien et entraîna le jeune policier vers un escalier, sous les quolibets de ses camarades. Elle était joyeuse, bavarde, presque exubérante, ravie de guider Célestin dans le labyrinthe du palais Garnier. Deux volées de marches plus tard, il savait qu'elle s'appelait Chloé, qu'elle venait d'avoir vingt ans et qu'elle logeait dans une pension de famille de la rue Darcet, près de la place de Clichy, et qu'il lui arrivait d'arrondir ses fins de mois en posant pour des peintres pas trop fauchés. Elle avait aussi essayé de lui tirer les vers du nez, de savoir ce qu'il était venu faire à l'Opéra, mais Célestin n'avait rien dit, bredouillant qu'il était seulement venu visiter les lieux. Comme ils arrivaient dans l'entrée, Chloé lui tendit sa joue.

— Vous me faites la bise ?

Le jeune homme obéit, troublé par la simplicité directe de la danseuse.

— Repassez donc un de ces jours, on répète toujours à la même heure, sauf le dimanche.

Célestin allait répondre quand le concierge fit son apparition.

— Alors, inspecteur, vous avez trouvé votre bonheur ?

Il avait un sourire en coin, pas fâché de se gausser d'un flic. Chloé haussa les sourcils et prit un air mystérieux.

— Inspecteur ? Oh, là là… Il y a un meurtre à l'Opéra ?

— Vous êtes déjà au courant ? C'est bizarre… Je vais être obligé de vous interroger.

Chloé éclata de rire. Firmin surgit, il portait deux énormes bouquets de fleurs.

— Ah ! Mademoiselle Chloé… Celui-là est pour vous…

Chloé, soudain gênée, ouvrit les bras pour prendre les fleurs. Célestin en profita pour s'éclipser.

— Je vous laisse à vos admirateurs, mademoiselle.

Il quitta l'Opéra en s'avouant que, tout de

même, cette jeune femme avait beaucoup de grâce. Rue Auber, un unijambiste, une béquille sous le bras, faisait la manche en uniforme de poilu. Le policier voulut sortir quelques sous, l'autre l'arrêta d'un geste :

— Tu viens de là-bas, toi aussi.

— Pourquoi tu dis ça ?

— Ça se voit dans tes yeux, tu regardes plus le monde de la même façon.

De nouveau, Célestin sentit la tristesse le submerger, un cafard gluant qui lui sapait son énergie, lui donnait envie de dormir et de ne jamais se réveiller. Il détourna les yeux et s'éloigna en courant presque. Mathurin l'attendait au coin du boulevard des Capucines, au volant de sa voiture garée devant le Café de la Paix.

— Le Café de la Paix rempli d'uniformes, il devrait changer de nom ! remarqua le vieux chauffeur.

De fait, la salle bondée du fameux café était remplie d'officiers alliés dont les plus chanceux avaient su attirer à leur table une jeune élégante. C'était une autre guerre qui se déroulait là, une guerre de parade et de mots d'esprit, une guerre de diplomates et d'état-major, loin de la boue et loin du sang. Beaucoup de ces hommes qui, dans la chaleur enfumée de la salle, échangeaient des hypothèses sur les chances de victoire travaillaient au ravitaillement ou au ministère ; bien peu avaient connu l'horreur du front, et ceux-là ne plaisantaient pas, ne parlaient pas : ils buvaient sec.

— Où est-ce qu'on va, maintenant ?

— Boulevard Malesherbes.

— C'est comme si on y était déjà !

La concierge du 21, boulevard Malesherbes était désolée : un policier qui voulait voir Mlle Dubreuil, ça ne pouvait être qu'une erreur judiciaire.

— C'est une petite jeune femme toute fragile, monsieur. Il ne faut pas l'effrayer.

— Je n'ai pas l'intention de l'effrayer, je veux juste lui poser quelques questions. Ne vous inquiétez pas pour elle.

— Troisième gauche, soupira la brave gardienne.

Un air de piano résonnait dans l'escalier, une chanson d'opérette que Célestin connaissait sans pouvoir lui donner un nom. La mélodie s'arrêta net quand il sonna à la porte de gauche, au troisième étage de ce bel immeuble qui sentait l'encaustique et la cuisine bourgeoise. Des pas s'approchèrent, puis une petite voix demanda :

— C'est vous, madame Ancollet ?

— Excusez-moi… Je suis l'inspecteur Célestin Louise, de la Sûreté, auriez-vous quelques minutes à m'accorder ?

Il avait mis les formes, il ne pouvait pas en dire moins. De l'autre côté de la porte, il y eut un silence, puis Isabelle Dubreuil tourna le verrou et entrouvrit le battant. Elle avait un visage pâle, allongé, de grands yeux gris, quelques taches de rousseur et de longs cheveux châtains qu'elle laissait libres sur ses épaules. Elle ressemblait à une

84

Anglaise romantique, avec une voix haut perchée de petite fille.

— Êtes-vous certain que c'est moi que vous venez voir, monsieur Louise ?

— Vous êtes bien la fille de Pierre Dubreuil, qui dirige la fabrication aux usines Renault ?

Elle devint plus pâle encore et ouvrit grand la porte.

— Il est arrivé quelque chose à mon père ?

— Non, rassurez-vous, il va très bien, je l'ai vu ce matin, il déborde d'énergie.

Isabelle eut un sourire attendri.

— Mon père se donne complètement à son travail. Il rapporte toujours des dossiers avec lui quand il rentre à la maison. Mais je vous en prie, entrez.

Elle fit pénétrer le policier dans un appartement cossu, meublé sans ostentation mais uniquement avec des objets de prix. Un piano droit était ouvert dans un grand salon qui donnait sur le boulevard. Isabelle et Célestin s'installèrent l'un en face de l'autre, de part et d'autre d'une table basse à motifs orientaux. Célestin refusa le thé qu'elle proposait et entra tout de suite dans le vif du sujet.

— Êtes-vous au courant que des plans ont été dérobés chez M. Renault ?

— Oui. Papa… mon père m'en a parlé, il est très contrarié par cette affaire, les premiers soirs il n'en dormait pas. Je l'entendais se lever au beau milieu de la nuit, aller à la cuisine boire un verre d'eau, lire le journal, tourner en rond…

Nos deux chambres sont contiguës... Je me fais souvent du souci pour lui : depuis le début de la guerre, il est sur les nerfs.

— Avez-vous entendu parler du coffre-fort situé dans le bureau de M. Renault, dans son appartement de la rue Puvis-de-Chavannes ?

— Non. Je sais que le vol a eu lieu là-bas, mais j'ignorais qu'il eût un coffre-fort.

Elle s'appliquait à bien répondre, les yeux fixés sur Célestin.

— En tout cas, je peux vous jurer que mon père est en dehors de tout ça : son travail chez Renault est un sacerdoce. Depuis la mort de maman, il s'y consacre presque jour et nuit.

— Et vous vous occupez de lui ?

— Bien sûr. C'est mon devoir, n'est-ce pas ?

— Sans doute, mademoiselle. Sans doute.

À plusieurs endroits, sur les meubles, avaient été disposées des photographies d'une femme plus âgée, probablement la défunte Mme Dubreuil. Elle était brune, les pommettes hautes, les yeux vifs ; sa fille ne lui ressemblait pas. Il flottait dans l'appartement l'atmosphère étrange d'un deuil interminable, d'un souvenir qu'on entretient avec soin et qui lie entre eux ceux qui restent. Célestin prit rapidement congé d'Isabelle Dubreuil, qui avait de toute évidence décidé de former avec son père un de ces couples platoniques où se perdent des vies entières. Au fond, la jeune femme n'était pas aussi fragile que l'avait annoncé Mme Ancollet ; elle était seulement émotive et inquiète, mais cette inquiétude n'avait rien à voir avec la disparition des plans du FT 17.

Un vent de nord-ouest s'était levé, couvrant la ville de lourds nuages noirs. Lorsqu'il descendit de voiture, dans la cour du Quai des Orfèvres, Célestin releva son col en frissonnant. Une fois de plus, il pensa à ses camarades du front, au petit Béraud perdu dans cette tempête, à Flachon le tonnelier que la guerre avait transformé en tueur d'élite, au paysan Fontaine qui restait obsédé par les travaux de la ferme qu'il ne pouvait pas faire, à Peuch qui ne croyait plus en rien... Il se dit qu'il leur rapporterait des sacs entiers de pinard et de saucisson, et du chocolat, et des biscuits, et du café pour tremper dedans. Il se secoua et se rendit compte que Mathurin l'observait. Les deux hommes se comprenaient, le vieux chauffeur respectait les absences de Louise, ces moments où la guerre le reprenait et ne voulait plus le lâcher.

— Je vais voir Minier, annonça Célestin.

— Vous n'avez pas besoin de moi pour ça. Je vais jeter un petit coup d'œil à la machine, je pense qu'elle pourrait carburer un peu mieux.

— J'aurais besoin de vous cette nuit, c'est possible ?

— La maison ne paie pas les heures supplémentaires, mais comme, la nuit, j'arrive pas à dormir...

Célestin monta lentement l'escalier qui menait aux bureaux. Il mettait en ordre, dans son esprit, les premiers éléments de son enquête : outre

Louis Renault, deux personnes seulement connaissaient la combinaison du coffre, la cantatrice et le directeur, Dubreuil. Près d'eux, il y avait Claude Gilles, l'habilleur fidèle, et Isabelle, la fille toute dévouée à son père. De quel côté se diriger ? Il y avait bien cette épingle sortie de la loge de Jeanne Hatto, mais sa présence près du coffre ne voulait pas dire grand-chose. Restait le personnel de l'hôtel particulier, surtout la petite femme de chambre et son béguin qu'elle faisait venir en cachette. Et puis il reverrait bien le majordome, et il y avait aussi le chauffeur de Renault...

— Bref, vous n'avez pas vraiment avancé ?

Le commissaire Minier avait étalé devant lui des dossiers aux couvertures crème qui couvraient entièrement le bureau. Célestin put déchiffrer à l'envers le numéro de code qui correspondait aux escroqueries (cette classification moderne devait permettre, selon Minier, des recoupements rapides et faciliter l'identification des malfaiteurs récidivistes).

— Si Louis Renault ne m'a rien caché, et je pense que c'est le cas, je risque de tomber sur quelque chose d'embarrassant...

— On s'en fout, mon vieux : je vous ai fait revenir du front pour retrouver ces bon Dieu de plans, pas pour faire des mondanités. Et puis, qu'est-ce que vous appelez « quelque chose d'embarrassant » ?

— Une étourderie, par exemple le coffre mal fermé, quelqu'un d'un peu trop curieux qui passe...

— ... et qui prend justement ces plans? Je vous ai connu meilleur, Louise.

— J'en suis pourtant persuadé, commissaire, c'est par là qu'il faut chercher : qui pouvait connaître la valeur de ces plans, et surtout savoir que faire avec, comment les négocier ?

Minier poussa une sorte de cri rauque qui lui servait à se racler la gorge.

— J'ai bien espéré que quelqu'un se manifeste pour demander une rançon, rendre les plans contre une somme d'argent. Mais c'est trop tard maintenant : d'après les statistiques, ce genre de chose arrive dans les quarante-huit heures après le délit.

Satisfait d'avoir une fois de plus prouvé à son subordonné, en utilisant à bon escient les statistiques, qu'il faisait résolument partie d'une police moderne, Minier se carra dans son fauteuil.

— Bon, bon, cela ne fait qu'une journée que vous êtes sur l'affaire, il est trop tôt pour avoir une piste sérieuse. Le pire, c'est qu'une partie de l'administration est hostile au projet de Louis Renault, ils trouvent ce petit char peu fiable et trop vulnérable, certains pensent même que c'est une extravagance digne des romans de Jules Verne.

— Jules Verne et Louis Renault ont ceci en commun, commissaire : ce sont des visionnaires. On ne peut pas en dire autant des gratte-papier des ministères ! Vous pensez qu'ils seraient capables de faire disparaître les plans ?

— Ils sont tellement tordus... Mais c'est l'audace qui leur manquerait. Enfin, je voulais que vous sachiez que vous ne serez pas accueilli partout avec bienveillance.

Il allait congédier Célestin quand on frappa quelques coups précipités à la porte. Sans même attendre de réponse, le gros Raymond fit irruption dans le bureau.

— Ça y est, commissaire, les anarchistes, on les a repérés. Toute la bande à Jo la Canne ! Ils sont à Aubervilliers, dans un petit gourbi du côté des ferrailleurs.

— On fonce !

Minier attrapa son chapeau et poussa ses deux subordonnés devant lui. Célestin ne serait pas de trop pour le coup de filet. Dans la voiture qui les emmenait vers la banlieue nord, il se fit expliquer la longue traque de cette bande d'enfants perdus qui mélangeaient politique (on les disait pacifistes) et délinquance. Certains venaient du milieu, d'autres étaient des déserteurs, il y avait même un ou deux intellectuels qui prêchaient la bonne parole mais n'hésitaient pas à faire le coup de feu pendant les attaques à main armée.

— Il paraît même qu'ils sont avec leurs poules, ajouta Bouboule, énervé, c'est dire s'ils se méfient pas !

— N'empêche que je veux une arrestation nette et sans bavure : ces voyous sont extrêmement dangereux, ils n'hésiteront pas une seconde à nous tirer dessus. Ils l'ont déjà fait.

— Ils me font penser à la bande à Bonnot.

— Parlez pas de ces gens-là, coupa Minier. J'y étais, le jour où on les a coffrés, et c'est pas un bon souvenir. Trop de morts. Et puis les gens venaient nous voir comme au cinéma : ce n'était plus une arrestation, c'était une distraction à la mode !

Célestin jeta un coup d'œil par la vitre arrière de la voiture : deux camions de gendarmes les suivaient, deux douzaines d'hommes armés jusqu'aux dents — suffisamment, si l'on comptait en plus les trois policiers, pour prendre d'assaut le repaire des bandits. De nouveau, l'univers de la guerre vint se greffer sur ce qu'il était en train de vivre, il se revit, chargé de grenades, le Lebel à la main, baïonnette au canon, en train de courir vers la tranchée ennemie au milieu des balles qui sifflaient et du claquement désespérant des mitrailleuses. Ici, il ne disposait que de son arme réglementaire : un Browning automatique ; il vérifia qu'il était bien chargé.

Le convoi traversait une zone sinistre où s'entassaient des tas de carcasses rouillées, châssis de voitures ou de machines, câbles tordus et démantibulés, chaînes énormes aux maillons arrachés, tuyaux, grilles et barreaux, jetés en vrac autour de pauvres baraques qui tenaient à peine debout, sans qu'on pût comprendre comment les ferrailleurs délimitaient leur territoire.

— Ils sont juste derrière, annonça Bouboule, là où il y a les arbres.

Minier fit stopper les véhicules en contrebas d'une voie ferrée qui semblait abandonnée et repéra avec ses jumelles la petite maison où s'était réfugiée la bande d'apaches.

— Ils ont une voiture de livraison garée au bord du chemin, évitez à tout prix qu'ils y montent. D'après vos renseignements, Georges, ils sont combien ?

— Il y a sept bonshommes — la clique au complet — et deux ou trois gonzesses. Et probablement tout un arsenal à l'intérieur.

Célestin observa à son tour et reconnut immédiatement la jeune femme aux cheveux roux sortie prendre quelques bûches sur un tas de bois. Enveloppée d'un grand châle bleu et serrée dans une robe grise qui traînait presque par terre, la démarche toujours aussi nonchalante et gracieuse, c'était Joséphine, sa maîtresse du dernier jour de paix, celle qu'il avait revue à sa première permission, emportant avec lui le souvenir de ses caresses et de son abandon[1]. Elle avait donc trouvé refuge auprès de ces canailles ou de ces idéalistes… Célestin se rappela les défilés des pacifistes, de ceux qui parlaient d'une concorde universelle et dont l'assassinat de Jaurès avait fait taire les voix. Une sourde colère monta en lui. Au même moment, il le savait, des milliers d'hommes se faisaient massacrer aux frontières dans des conditions effroyables, des hommes qui n'avaient pas marchandé leur sacrifice et que la pensée d'une dérobade, d'une lâcheté, n'avait pas effleurés. Ceux-là, devant, se donnaient bonne

1. Voir *La cote 512*.

conscience pour continuer leurs jeux criminels. Pourtant, le panache avec lequel ils s'opposaient à la guerre et aux lois de la société impressionnait le jeune policier, et l'idée que Joséphine était devenue leur compagne ne le surprenait pas.

— Allons-y, ordonna Minier.

Il avait opté classiquement pour un grand mouvement tournant qui prenait la bicoque en tenaille. Revolver en main, gendarmes et policiers entamèrent leur manœuvre, profitant, pour se dissimuler, des inégalités du terrain ou des débris entassés un peu partout. La dispute de deux corbeaux braillards attira l'attention de Joséphine juste au moment où elle allait refermer la porte derrière elle. Elle surprit le mouvement furtif d'un des gendarmes qui, durant un bref instant, était resté à découvert. Elle se figea, puis rentra brusquement dans la maison.

— On est repérés ! grogna Minier, avant de hurler : On fonce ! Plus la peine de se cacher !

Les premiers gendarmes n'étaient plus qu'à une vingtaine de mètres de la bicoque lorsque les coups de feu les forcèrent à se jeter à terre. L'un d'entre eux, blessé à l'épaule, se mit à geindre. Minier et Célestin se faufilèrent aux avant-postes.

— Rendez-vous ! Vous êtes cernés ! Vous ne pourrez pas vous échapper ! vociféra le commissaire.

— Va te faire foutre !

Une salve bien ajustée fit voler une rangée de mottes de terre à quelques centimètres de son visage. Célestin avait reconnu la voix sèche et meurtrière d'une Hotchkiss.

— Merde ! Ils ont une mitrailleuse !

— C'est pas ça qui va nous arrêter ! gueula Minier.

— Oh que si ! l'avertit Célestin. Deux machines comme ça sont capables de décimer un bataillon. Il faut trouver le moyen de la neutraliser. Vos gendarmes ont des grenades ?

Un des pandores, qui s'était approché, acquiesça.

— On en a une caisse, à l'arrière du premier camion.

— Eh bien démerdez-vous de les apporter ! ordonna Minier. En attendant, gardez vos positions et tirez à intervalles réguliers.

Il y eut une accalmie, puis les malfrats déclenchèrent un tir nourri avant de tenter une sortie en direction de leur camion. L'un d'eux fut abattu, les autres se replièrent dans la maison. Malgré lui, Célestin ne cessait de penser à Joséphine. Faisait-elle le coup de feu avec les autres ? Avait-elle été blessée ? Pouvait-elle savoir qu'il était là, et est-ce que cela aurait changé quelque chose ? Le gendarme revint avec un collègue, portant la caisse de grenades. Célestin en prit quatre, une dans chaque poche, une dans chaque main.

— Couvrez-moi !

Tandis que les forces de l'ordre déclenchaient un feu nourri, le jeune policier se mit à ramper vers le repaire de la bande, dont toutes les vitres étaient désormais brisées et les murs extérieurs troués d'impacts. À plusieurs reprises, des balles lui sifflèrent aux oreilles mais, d'évidence, la situation lui paraissait moins critique que lors des assauts sur le front, lorsque les hommes se ruaient en courant vers la tranchée adverse, debout, fragiles, exposés à tous les tirs, sous la pluie meurtrière des obus. Habitué à se protéger, à coller à la terre au point de vouloir s'y enfoncer pour disparaître, Célestin parvint sans se faire blesser suffisamment près de la baraque d'où la mitrailleuse tirait par rafales. Dissimulé par les arceaux déformés d'un vieux landau rouillé, il repéra le nez fumant de la Hotchkiss, installée au premier étage et qui tirait alternativement par les deux fenêtres d'une chambre. Il lui fallait encore gagner une dizaine de mètres pour avoir une chance de l'atteindre. Il dégoupilla sa première grenade, compta jusqu'à trois et la balança contre la maison. Elle explosa juste sous une fenêtre du rez-de-chaussée, faisant voler la terre et le plâtre et soufflant ce qui restait de la croisée. Dans le même mouvement, Louise s'était élancé à découvert, préparant une deuxième grenade qu'il balança vers l'étage tandis que les coups de feu reprenaient et qu'une balle lui frôlait la joue. Dans un geste désespéré, il se jeta à terre et se roula en boule tandis que l'explosion secouait tout le toit de la bicoque. Une silhouette hagarde, titubante, noire de poudre et de cendre, s'approcha de la fenêtre ravagée avant de basculer à l'extérieur et de s'écraser sur le sol. Ce fut le signal de l'assaut final. En quelques secondes, toute résistance cessa et les gendarmes s'assurèrent le contrôle de la maison. Un à un, les malfaiteurs, menottés, furent conduits dans un fourgon pénitentiaire qui venait d'arriver avec une ambulance. En plus de Joséphine, il y avait deux autres femmes, deux créatures hirsutes et squelettiques qui donnaient une impression de sauvagerie. Tous les prisonniers, dont deux ou trois étaient blessés, demeuraient silencieux. L'un d'eux portait son bras en écharpe dans le châle bleu de Joséphine. Celle-ci, au moment où on l'embarquait, reconnut Célestin. Ses cheveux étaient défaits, son visage, trempé de sueur, portait des traces noires de fumée. Pendant une seconde, il crut qu'elle allait lui parler, mais elle détourna le regard et se laissa entraîner avec les autres.

CHAPITRE 5

FILATURES

Dans la voiture qui les ramenait à Paris, Célestin entendait à peine son supérieur qui parlait
d'héroïsme, de citation à l'ordre de la Police,
de médaille d'honneur et même d'avancement. Il
savait que, cette fois, la guerre l'avait rattrapé
pour de bon, qu'il venait de se battre comme un
soldat, qu'il s'était mis de nouveau du sang sur les
mains. L'admiration qu'il pouvait lire dans les
yeux de ses collègues le terrifiait. Il n'avait pas
demandé à être ce guerrier qu'il était devenu, ce
combattant d'élite capable de tuer efficacement
et sans états d'âme. Il revit l'image de Joséphine
baissant la tête pour entrer dans le fourgon pénitentiaire, les gestes brutaux des gendarmes, et
tout le désespoir, l'impression de misère qui se
dégageaient de cette bande de criminels que les
goualantes des quartiers populaires se conten-
taient d'appeler des mauvais garçons. Ceux-ci
étaient sans doute un peu plus méchants que les
autres, ou alors c'était la guerre qui, à la longue,
avait déteint sur eux. Malgré la distance, malgré
les mensonges des journaux et la propagande des

états-majors, les atrocités du front finissaient par venir à la connaissance des gens, de ceux qui tremblaient pour leurs fils, de ceux qui se cachaient, de ceux qui trafiquaient et tiraient profit de ces jours sombres. Il n'était pas étonnant que cette mauvaise conscience se manifestât en actes d'une violence insensée et que certains bandits eussent recours à des engins de guerre. Célestin sentit une main amicale se poser sur son épaule : c'était Bouboule qui lui faisait un sourire qu'il aurait voulu complice. Louise lui répondit d'un petit signe de tête. Il avait décidé qu'il reverrait Joséphine, il irait lui rendre visite en taule.

Célestin arriva trop tard pour embrasser Sarah : la petite dormait déjà lorsqu'il se mit à table entre sa sœur et Éliane, toutes deux aux petits soins pour lui. Gabrielle avait apporté de la bière de la Brasserie de la Reine Blanche, qui continuait à produire du houblon malgré le rationnement. Depuis l'invasion de la Belgique, la guerre s'était étendue à une bonne partie de la Picardie et les brasseurs devaient s'approvisionner dans l'Ouest et le Centre, où les matières premières de médiocre qualité se raréfiaient. D'ailleurs, tout venait à manquer, et les prix s'étaient envolés.

— Sur le marché Blanqui, raconta Gabrielle, ils s'amusent à mouiller le lait. Heureusement que je connais mon petit fermier, et qu'il est trop vieux pour être mobilisé.

Célestin avait entendu parler lui aussi de ces bandes de regrattiers qui écumaient les campagnes pour rafler aux paysans toutes leurs denrées, de façon à en faire grimper les cours sur les marchés des grandes villes. Les rapports qu'il avait survolés dans son bureau avaient dissipé ses dernières illusions sur une quelconque solidarité entre Français. Pendant que, sur le front, il assistait aux plus invraisemblables actes d'héroïsme et de camaraderie, des centaines de négociants véreux accumulaient des profits scandaleux, parfois même sur les marchandises destinées à la réquisition. Le jeune homme en était d'autant plus reconnaissant aux deux femmes de lui avoir préparé un repas délicieux. Gabrielle servait une soupe de potiron, Éliane avait coupé le pain et le posait sur la table. Elle considérait toujours Célestin avec un petit sourire qui lui plissait les yeux de malice, comme s'il ne fallait pas le prendre trop au sérieux, comme si, d'ailleurs, toutes les désastreuses occupations des hommes ne méritaient, de la part de leurs compagnes, qu'une indulgente commisération.

— Ton enquête avance ? demanda Gabrielle.

— Ce n'est que le début. C'est à la fois très simple et très embrouillé. Et puis, il ne faut pas que je fasse de gaffe.

— Vous avez rencontré M. Renault ? interrogea Éliane.

— Oui. C'est un sacré bonhomme, on a l'impression qu'il n'est pas avec nous, qu'il vit en permanence dans le futur.

— Alors il doit être toujours pressé ! Moi, j'aime pas ça.

Gabrielle s'assit face à son frère, et tous les trois se régalèrent de soupe. Les deux femmes observaient Célestin avec un mélange de bonheur et d'incrédulité. Il y avait plus d'inquiétude dans le regard de Gabrielle, qui s'angoissait déjà de le voir repartir bientôt. Après son homme qu'elle avait tant chéri, elle ne voulait pas perdre son frère. Éliane paraissait plus tranquille, sans doute accaparée par sa petite. Mais elle aussi venait de la guerre, elle avait vu passer les hommes harassés, les blessés, elle aussi avait subi le fracas des bombes. Elle en tirait une complicité naturelle avec Célestin, qu'elle évitait de questionner au sujet du front. Gabrielle se leva pour changer les assiettes. Il y eut un silence. Éliane grignotait un peu de croûte de pain, Célestin la regardait et, pour la première fois, le sentiment fraternel, protecteur, qu'il éprouvait pour elle céda la place à une émotion plus ambiguë.

— Le père de la petite... vous avez essayé de reprendre contact avec lui ?

— Pour quoi faire ? Lui mendier quelques sous ? Pas question. Il nous a abandonnées, il n'est pas digne d'être un père. Dans quelques mois, je ferai garder Sarah et j'irai travailler, comme votre sœur. Tant que vous serez tous à la guerre, il y aura des places pour nous. Et quand vous reviendrez...

— Quand ils reviendront, la coupa Gabrielle, tu n'auras pas de mal à trouver un joli garçon qui ne demandera qu'à t'épouser.

Célestin n'avait jamais envisagé qu'Éliane pût

trouver un mari, et cette idée, curieusement, l'irrita. Il ne put s'empêcher de s'exclamer :

— Encore faudrait-il qu'il veuille bien d'une fille mère !

Gabrielle posa avec force la cocotte de ragoût sur la table.

— Qu'est-ce qui te prend, toi ?

— Il a raison, intervint Éliane, ce ne sera peut-être pas si facile.

— Excusez-moi, ce n'est pas ce que je voulais dire. Les gens sont parfois...

— ... un peu bécassons, comme toi ! le charria sa sœur. Allez, sers-toi, il mijote depuis quatre heures. Tu peux remercier Éliane.

— Merci, Éliane.

— C'est à moi que ça fait plaisir.

De nouveau, elle et Célestin échangèrent un regard, un regard qui échappait complètement à Gabrielle, le regard de ceux qui revenaient de l'enfer et qui trouvaient en comparaison le reste de la vie paisible et doux. Seulement, le jeune homme, lui, devait y retourner. Gabrielle emplit les assiettes d'un ragoût fumant. Éliane rougit un peu, puis lança :

— J'ai eu une drôle d'idée : figurez-vous que je voulais vous envoyer un gilet pare-balles.

— Ça existe ? s'étonna Célestin.

Éliane se leva prestement et alla prendre une réclame sur un meuble. Elle la tendit au jeune policier qui la lut à haute voix, d'un ton de plus en plus incrédule.

— « Le seul qui résiste à la balle Mauser 763,

aux balles de revolver d'ordonnance ou de Browning est le PARABALLE, système Lacrotte, breveté SGDG, vu au cinéma... » Qu'est-ce que c'est que ça ?

— Justement, c'en est, de la crotte ! rigola Éliane. Je me suis renseignée, il paraît que l'armée a fait des essais et que ce fameux pare-balles en est ressorti troué comme une passoire !

— Dans ce cas, vous avez bien fait de ne pas me l'envoyer.

Ils rirent tous les trois. Peu à peu, l'alcool aidant, ils évoquèrent des souvenirs. Éliane laissa échapper quelques bribes de son enfance misérable jusqu'à son embauche chez le notaire[1] dont la femme, au prétexte de la former, la traitait comme la dernière des esclaves. Célestin raconta le théâtre et sa rencontre avec Eulalie Borel.

— Tu es revenu avec elle ? demanda Gabrielle en écarquillant les yeux.

— Et alors ? C'est un être humain, elle peut très bien monter dans un camion pour traverser la France !

— Et vous avez parlé pendant tout le voyage ?

— Pas vraiment : elle était assise dans la cabine, et moi à l'arrière, sous la bâche.

— Alors ça ne compte pas ! conclut Gabrielle.

Elle aussi se mit à parler du passé, et le fantôme de Jules vint s'asseoir à leur table.

— Dommage que je ne l'aie pas connu, regretta Éliane.

1. Voir *La cote 512*.

— Moi, je crois que c'est lui qui vous a mise sur la route de Célestin, pour qu'il vous ramène ici, avec votre poupée. C'était la meilleure façon de me redonner goût à la vie.

Ils avaient fini le repas et se tenaient au bord du sommeil, un peu grisés de bière et de mots. Gabrielle fit promettre à Célestin qu'il sortirait avec Éliane le lendemain soir.

— La plupart des théâtres ont repris, et aussi les cinémas. Emmène-la donc faire un tour sur les Boulevards, qu'elle voie un peu Paris, moi je garderai la petite.

Comme Éliane protestait qu'elle ne voulait pas embêter Célestin, il posa la main sur son bras.

— Moi aussi, ça me sortira de mes idées noires. La guerre ne veut pas me lâcher, et ce n'est pas mon travail à la Sûreté qui arrange les choses.

— C'est bien du malheur, tout de même, murmura Gabrielle, que la tristesse avait reprise et qui pensait à son mari.

Deux coups de Klaxon, dehors, les interrompirent.

— Ah! voilà mon chauffeur.

— Tu m'en diras tant! On vient te chercher en voiture?

— C'est pour le travail. J'ai deux ou trois choses à vérifier cette nuit.

— Et le couvre-feu?

— Pas pour moi.

— Fais attention, quand même. Et couvre-toi. Attends, je vais te passer une écharpe.

Gabrielle se leva et partit farfouiller dans une

commode. Dans un geste inattendu, Éliane saisit la main de Célestin et la serra très fort, sans dire un mot.

Le jeune homme s'était emmitouflé dans la grosse écharpe de Jules, ne laissant voir, sous sa casquette, que l'éclat de ses yeux. Assis à côté de son chauffeur, il regardait sans les voir les façades du boulevard Raspail, où quelques fenêtres éclairées témoignaient du relâchement du couvre-feu. Il pensait à Éliane, à son brusque élan vers lui, élan suivi d'une tout aussi brusque timidité : c'est à peine si elle lui avait dit au revoir. Mathurin traversa la Seine par le pont Royal, dont les réverbères, curieusement, étaient tous allumés.

— On y sera dans moins d'un quart d'heure, annonça le vieux chauffeur. Vous voulez qu'on se gare où ?

— Boulevard Péreire, un peu avant la rue Puvis-de-Chavannes. Je ferai le guet au coin, on a une bonne vue sur l'entrée de l'hôtel particulier.

— Vous attendez qui ?

— La petite femme de chambre. Elle n'est pas tranquille. Je suis presque sûr qu'elle n'a qu'une chose en tête : retrouver son coquin et lui dire de se faire discret pendant quelque temps.

— Vous la croyez impliquée dans le vol ?

— Si elle est vraiment entichée de son bonhomme... Une femme amoureuse est capable de bien des choses.

— Mais lui, comment aurait-il été au courant pour les plans ?

104

— Je n'en sais rien. C'est peut-être juste un coup de chance, un hasard. Peut-être que la personne qui a volé ces plans ne sait plus quoi en faire. J'ai l'intuition qu'ils n'ont pas quitté Paris. Pas de demande de rançon d'un côté ; de l'autre, quoi qu'en dise Minier, le contre-espionnage fait suffisamment bien son boulot pour être averti d'une manière ou d'une autre de la réapparition de ces plans dans le camp allemand. Ne serait-ce que pour nous faire renoncer à ce petit char d'assaut qui semble assez efficace.

— Si Renault s'en occupe…

Célestin comprenait mieux pourquoi le commissaire avait fait appel à lui. Sur le front, il avait vu tomber trop d'hommes, fauchés par les tirs de mitrailleuses, déchiquetés par les shrapnells, il savait l'urgence de trouver de nouveaux équipements, de nouvelles armes qui, à défaut de forcer la victoire, éviteraient des hécatombes. Cette enquête, il en faisait en quelque sorte une affaire personnelle. Mathurin se gara le long du boulevard Péreire et sortit sa pipe.

— Et qu'est-ce que je fais en vous attendant ?

— Vous fumez.

— Ouais… C'est pas ça qui va me réchauffer ! Si au moins il y avait un petit caboulot dans le coin, mais c'est pas le genre du quartier…

— Je préfère que vous restiez au volant. Si jamais ils prennent un sapin, il ne faudra pas traîner, je ne veux pas les perdre.

— Sûr que s'ils ont envie de s'amuser, ils vont descendre vers Clichy.

— En cas d'urgence, je donnerai un coup de sifflet. Vous êtes armé ?

Mathurin sortit un revolver de sous son siège.

— J'ai mon vieux Delvigne à six coups, on a fait mieux depuis, mais celui-ci, il ne s'enraye jamais.

Célestin consulta sa montre.

— D'après mes renseignements, la petite Albertine ne devrait pas tarder à finir son service. À tout à l'heure.

Il marcha tranquillement jusqu'à la rue Puvis-de-Chavannes. Il entendit derrière lui Mathurin gratter une allumette pour sa pipe. La petite rue, plongée dans l'obscurité, paraissait déserte. Deux voitures étaient garées sur la droite. Du coin où il se trouvait, le policier distinguait la grande entrée de l'hôtel particulier, dont les portes étaient fermées. Pendant une dizaine de minutes, il ne se passa rien. Un grain brutal se déchaîna, arrosant la rue et les toits. En quelques secondes, Célestin fut trempé. Une fois de plus, le souvenir de la tranchée lui revint en mémoire, les longues heures de garde dans les nuits glaciales brusquement illuminées par les gerbes blanches des fusées éclairantes. Avec, de temps en temps, le bruit sec d'un coup de feu et le miaulement d'une balle qui allait se perdre quelque part à l'arrière. Un mouvement, de l'autre côté de la rue, l'arracha à ses visions de guerre. Quelqu'un s'approchait, en rasant les murs, de l'hôtel particulier de Renault. L'orage cessa d'un coup et, dans le rayon de lune qui filtra entre deux nuages effilochés, Célestin distingua une silhouette d'homme. Il avançait prudemment, les mains dans les poches d'une ample vareuse, une casquette sur la tête, se réfugiant souvent dans l'obscurité des portes cochères. Il s'arrêta derrière un arbre, légèrement en retrait de l'entrée de la demeure de Renault. Quelques secondes plus tard, la petite porte piétonne s'ouvrit et Albertine se jeta dans les bras de son amoureux. D'un geste, elle coupa court aux effusions et l'entraîna vers l'autre bout de la rue. Célestin, rasant les façades des immeubles, les suivit. Ils étaient engagés dans une vive discussion dont quelques bribes lui parvenaient. Comme il s'y attendait, la jeune femme de chambre était très contrariée, d'autant plus que son compagnon ne semblait guère partager son inquiétude et lui répondait par des phrases courtes entremêlées d'éclats de rire. Elle finit par s'accrocher à lui en le prenant au col. Célestin l'entendit distinctement lui dire :

— Non, tu ne dois plus venir ici !

Pour toute réponse, il l'attrapa par les cheveux et l'embrassa longuement sur la bouche. Elle lui murmura quelque chose, se colla à lui, et ils reprirent leur marche vers la rue Ampère. À chaque fois qu'un taxi aux feux éteints passait près d'eux, ils se cachaient dans le renfoncement d'une entrée. Ils prirent à gauche, puis à droite sur le boulevard Malesherbes, Mathurin avait raison, ils se dirigeaient vers la place de Clichy. Il devenait de plus en plus difficile à Célestin de ne pas se découvrir. Le couvre-feu avait vidé les rues, et seules quelques ombres se glissaient discrètement le long des murs. Comme ils arrivaient au carrefour avec la rue Cardinet, l'homme se retourna et repéra le policier. Louise fit mine de vouloir traverser le boulevard, mais il était trop tard. Albertine aussi s'était retournée et, comme la lune s'était un instant dégagée, elle l'avait reconnu. Son compagnon se mit à courir comme un fou et disparut au coin de la première rue. Célestin se lança à sa poursuite, passant devant Albertine, tétanisée, à qui il fit signe de ne pas bouger. L'homme s'était engagé dans la rue de Phalsbourg. Il courait vite. On pouvait déjà deviner, tout au bout, de l'autre côté du boulevard de Courcelles, les grilles du parc Monceau.

— Arrêtez-vous ! cria Célestin en sortant son sifflet.

L'autre au contraire redoubla d'énergie. Personne ne répondait aux appels de Louise. Curieusement, le fugitif se dirigea droit sur les grilles. Célestin pensa un instant qu'elles étaient encore ouvertes, jusqu'à ce que l'homme à la vareuse entreprenne, sans une hésitation, de les escalader. Le policier se rua à son tour et parvint à l'ultime seconde à accrocher le bas du pantalon de l'inconnu qui, dans son ascension, avait perdu sa casquette. De son pied libre, il tenta de frapper le visage de Célestin, qui bloqua de l'épaule et lui tordit la cheville. Le fuyard poussa un hurlement de douleur et lâcha prise. Les deux hommes roulèrent sur le trottoir. Ils avaient tous les deux l'habitude de se battre et, malgré son entraînement au corps à corps, Célestin ne parvint pas à prendre le dessus. Ils se relevèrent ensemble, essoufflés, crachant de longs nuages de vapeur. Le type avait une belle gueule ; une mèche de cheveux lui retombait dans l'œil, il la rejeta de côté d'un coup de tête sans cesser de fixer des yeux son poursuivant. Les poings en avant, bien campé sur ses jambes, il était prêt à reprendre la bagarre.

— Qu'est-ce que vous me voulez ?

— Célestin Louise, de la Sûreté. Je voudrais juste vous poser quelques questions.

— J'ai rien à vous dire.

— De quoi vous avez peur ?

— J'aime pas les flics.

— Et moi, j'aime pas les voyous.

— Je suis pas un voyou.

— Il y a pourtant de quoi en douter en vous regardant faire.

De nouveau, ils restèrent face à face en silence. Une voiture arrivait des Ternes. Célestin demanda :

— Pourquoi vous n'êtes pas mobilisé ?

L'autre leva sa main droite en écartant les doigts : il lui manquait l'index et le majeur. Surpris, Célestin ne vit pas arriver le coup de poing, un crochet du gauche qui le prit sous le menton et l'envoya à terre, des étoiles plein les yeux. À moitié inconscient, il entendit la course du fuyard qui s'en allait vers Villiers, puis la voiture qui s'arrêtait devant lui et la voix familière de Mathurin :

— Ça va, patron ?

Célestin se redressa et prit une grande inspiration. L'air froid de la nuit le ranima.

— On dirait que vous en avez pris une !

Le jeune policier se frotta le menton, son maxillaire lui faisait mal dès qu'il ouvrait trop grand la bouche.

— Il faut le rattraper, Mathurin, il ne doit pas être loin !

— Rattraper qui ? Votre joli cœur ? Je crois bien qu'il a mis les flûtes.

Ils regardèrent autour d'eux. Le boulevard, désert, luisant de pluie, demeurait silencieux. Le type avait-il eu le temps d'atteindre le boulevard Malesherbes, ou d'escalader enfin les grilles de Monceau pour disparaître vers Saint-Lazare ou Miromesnil ? Comprenant qu'ils ne le retrouveraient pas, Célestin entraîna Mathurin vers la voiture : il fallait au moins qu'ils interrogent la femme de chambre. Terrorisée, elle n'avait pas bougé de son coin de rue. Un gros bourgeois ventripotent, se méprenant sur sa présence à cet endroit et à cette heure de la nuit, lui faisait déjà des avances. Célestin débarqua devant lui en brandissant sa carte de flic.

— Allez, bonhomme, rentrez chez vous, c'est interdit d'être dehors à cette heure-ci. Et laissez cette jeune dame tranquille.

— Je ne lui voulais que du bien, protesta le micheton en se drapant dans une dignité approximative, je m'inquiétais justement…

— Eh bien, ne vous inquiétez plus !

Le bedonnant hocha la tête et s'éloigna après avoir jeté un dernier regard gourmand à la petite Albertine.

— Je vous raccompagne à pied chez Renault,

ça nous donnera le temps de causer un peu, annonça Célestin. Vous me reprendrez là-bas, ajouta-t-il pour Mathurin.

— Bien, chef !

Albertine et Célestin s'éloignèrent côte à côte tandis que Mathurin, toujours au volant, rallumait sa pipe. Il faisait de nouveau très sombre, le policier devinait à peine les traits anxieux de la jeune femme qui parlait à voix basse, tendue et presque au bord des larmes. Les avances du bourgeois l'avaient achevée.

— Alors, c'est qui, ton amoureux ?

— Amédée.

— Amédée comment ?

— Legris. Amédée Legris.

— C'est ton amant ?

— Quel mal à ça ?

— Aucun, s'il sait se tenir. Il fait quoi dans la vie, Amédée ?

— Il travaille à droite et à gauche, des petits boulots. Ces derniers temps, il était déménageur.

— Déménageur, avec deux doigts en moins ? Là, il se fiche de toi. Ou c'est toi qui te fiches de moi. C'est lui qui t'a demandé d'aller fouiner dans les affaires de Louis Renault ?

— Ah non, pas dans les affaires de Monsieur ! se récria Albertine.

— Dans celles de Madame, alors ?

Il y eut un silence, la jeune femme baissa la tête.

— Il vaut mieux que tu me dises tout maintenant, parce que de toute façon, je finirai par le savoir. D'ailleurs, je vais commencer : ton jules, il est pas clair. Il se bat trop bien pour être honnête, et les flics lui font pas peur.

— Il ne faut pas m'en vouloir, monsieur… J'avais un petit fiancé avant la guerre, il travaillait à la gare du Pont-Cardinet. Il est mort deux semaines après son arrivée au front. Je pensais que je m'en consolerais jamais, mais j'ai rencontré Amédée, et il a su trouver les mots qu'il fallait.

— J'ai plutôt dans l'idée que c'est lui qui t'a rencontrée, parce que c'est des filles comme toi qu'il cherche, des braves filles qui travaillent dans de bonnes maisons. Il a fini par te demander de lui rapporter des petits trucs ?

— C'est pas de sa faute. C'est moi qui ai eu tort de le faire dormir dans la maison. Le peu qu'il a vu, ça lui a tourné la tête.

— Il a pas la tête bien solide, alors ! Moi, je crois au contraire qu'il a eu le temps de faire son choix. Qu'est-ce que tu as barboté, chez ta patronne ?

— Des babioles, des petits bijoux fantaisie, un cendrier qui servait à personne, une montre aussi, et une paire de gants. Et quelques billets. Mais je vais tout rendre, je vous jure !

— Ça, ça m'étonnerait, vu que tout a dû partir très vite chez un fourgue. Tu es sûre qu'il ne s'est jamais intéressé aux papiers de Louis Renault, ton Amédée ?

— Sûre et certaine. Je lui ai même jamais parlé du coffre dans le bureau.

— Je te crois. Je ne te veux pas de mal, et tes

petites indélicatesses ne m'intéressent pas. Je ne dirai rien à tes patrons, mais, primo, tu mets fin à ces bêtises, deuxio, tu me dis où je peux le trouver, ton bonhomme.

— Il a une petite chambre dans la rue des Dames, au numéro 12.

— Il ne va pas m'attendre là-bas. Il y a bien un rade qu'il fréquente ? Il ne t'a jamais emmenée nulle part ?

— Ben non... Des fois, quand il est en fonds, il M'emmène manger des huîtres place de Clichy, chez Charlot. Vous connaissez ?

La jeune femme avait retrouvé son sang-froid, elle cherchait déjà à l'embrouiller. Elle devait bien l'aimer, son Legris, pour le protéger si fort. Il n'empêche qu'elle ne semblait pas mentir quand elle parlait de son patron : cette petite frappe d'Amédée ne s'intéressait qu'à ce qui était facilement négociable. Il n'avait ni l'envergure ni les contacts pour vendre les plans secrets d'un char d'assaut. Quoi qu'il en soit, Célestin en aurait le cœur net. Il laissa Albertine devant l'hôtel particulier, où elle se dépêcha d'entrer et de refermer la petite porte derrière elle. Le policier alluma une cigarette en se demandant comment il allait remettre la main sur son agresseur. Amédée Legris. Soi-disant. Il se frottait le menton quand Mathurin vint se garer devant lui.

— On rentre, patron ?

— On rentre.

Il grimpa à côté du vieux chauffeur, qui démarra aussitôt.

La voiture tournait au coin de la rue Ampère quand Célestin, jetant machinalement un coup d'œil en arrière, aperçut une ombre qui sortait de l'hôtel particulier. Albertine allait-elle déjà, contre toute prudence, rejoindre son beau voyou ?

— Stop ! cria le jeune homme.

Mathurin freina brusquement, Célestin sauta à terre et revint en arrière. Il reconnut entre deux arbres la silhouette longiligne du majordome de Louis Renault. L'homme poussait une bicyclette qu'il enfourcha et se mit à rouler droit sur Louise.

Le jeune homme eut tout juste le temps de courir jusqu'à la voiture et de se pencher sur la roue arrière, feignant d'avoir un pneu crevé.

— Qu'est-ce qui vous arrive, chef ? s'étonna Mathurin.

— Fermez-la !

Mais le cycliste passa sans guère faire attention à eux. Quand il fut au bout de la rue, Célestin sauta sur son siège.

— En route ! Et celui-là, on ne le perd pas !

La filature, cette fois, ne posa pas de problèmes. Le bonhomme fila tout droit jusqu'au pont Cardinet, puis franchit les voies ferrées par la rue Legendre, pour redescendre vers la place de Clichy par la rue Lemercier. Malgré l'heure tardive et le couvre-feu, ces petites rues du quartier des Batignolles étaient encore animées — poivrots avachis contre les réverbères éteints, couples plus ou moins légitimes disparaissant dans des portes cochères, grisettes au chômage vendant leurs charmes en tâchant d'éviter de tomber sous la coupe d'un julot, toute une faune que Célestin avait déjà appris à connaître, le bouillon de culture de la misère où fleurissaient la révolte ou le crime. Sans perdre des yeux le cycliste, le policier avait fini par retrouver son nom : Léon Sadalo, cinquante-deux ans, au service de Louis Renault depuis près de vingt ans. Un domestique au-dessus de tout soupçon. Mais qui pouvait se prétendre à l'abri d'une tentation, d'un brusque revers de fortune, d'un coup du sort ou d'un coup de foudre ? Il imaginait mal, pourtant, ce grand bonhomme guindé tombant fou d'amour au point de trahir son patron. Le majordome s'arrêta rue Biot, enchaîna son vélo à une grille et, sans même jeter un regard autour de lui, frappa trois coups à une lourde porte peinte en noir au centre de laquelle s'ouvrit un judas. Sadalo était visiblement un habitué des lieux, car on le fit entrer immédiatement. Mathurin était passé sans ralentir, mais il avait eu tout le temps de reconnaître l'endroit. Il se gara au coin de la place de Clichy et se tourna vers Célestin.

— C'est un joueur, votre type. Il vient d'entrer dans une salle de jeu clandestine, et d'après ce que j'ai entendu dire on y joue gros.

— Un tripot, ici ? Quel genre de clientèle ?

— Il y a de tout. J'y ai déjà déposé des rupins que je ramenais à l'aube, complètement rincés mais toujours grands seigneurs, rapport aux pourboires. C'est ça que j'aime bien, chez les vrais joueurs : ils ont la classe. Mais vous y trouverez aussi de la racaille, ou des demi-mondaines cherchant l'aventure.

— Et c'est facile d'entrer ?

— Dites que vous venez de la part du grand Raymond, on vous ouvrira.

— Comment vous savez ça ?

— Il m'arrive de laisser traîner l'oreille. Et la rue est calme.

Décidément, Mathurin se révélait précieux. Le vieux avait déjà sorti sa pipe et s'apprêtait à l'allumer.

— Ce n'est pas la peine de m'attendre.

— Sans vouloir vous vexer, patron, il peut vous arriver d'avoir besoin d'un coup de main.

Disant cela, Mathurin se frottait le menton avec un petit sourire en coin. Célestin hocha la tête.

— J'en ai peut-être pour un bout de temps.

— Vous inquiétez pas pour moi. La nuit s'est radoucie, et faut que je pense un peu. Tâchez de pas vous ruiner !

Arrivé à son tour devant la porte noire, Louise frappa lui aussi trois coups. Le judas s'ouvrit, deux yeux sombres observèrent le nouvel arrivant.

— Je viens de la part du grand Raymond.

Le sésame fonctionna, la porte s'ouvrit. En pénétrant dans un petit couloir mal éclairé, Célestin se dit qu'il essaierait de savoir qui était ce grand Raymond. Le cerbère qui gardait l'entrée donnait une effrayante impression de massivité — un tas de viande aussi large que haut qui devait peser plus de cent kilos. Une méchante cicatrice lui labourait la joue droite.

— Il y a du monde, ce soir ? demanda le policier.

Sans répondre, l'homme lui indiqua d'un signe de tête le départ d'un petit escalier qui descendait vers le sous-sol. Célestin s'y engagea. Il sentait, dans son dos, le regard du costaud. L'escalier tournait sur la droite et, après un demi-tour complet, débouchait sur une salle au plafond bas, voûté, une sorte de cave en longueur dans laquelle avaient été disposées une demi-douzaine de tables éclairées par des lampes suspendues, et autour desquelles se disputaient des parties de poker. Une petite Asiatique habillée d'un pantalon bouffant et d'un corsage échancré qui laissait voir sa poitrine menue servait des alcools forts et prenait en échange des billets sur lesquels elle ne rendait jamais la monnaie. Célestin se mêla aux quelques spectateurs qui entouraient les tables de jeu. Beaucoup d'entre eux, hébétés, les yeux rougis de fatigue et d'alcool, avaient déjà perdu leur chemise au jeu. Léon Sadalo était installé à la table du fond. Il venait d'étaler un full aux dames par les deux et de rafler une jolie mise.

CHAPITRE 6

UNE VOITURE DE COURSE

Personne ne semblait faire particulièrement attention à Célestin. Les joueurs restaient concentrés sur leurs cartes, tâchant d'en laisser deviner le moins possible, scrutant la mine des adversaires. Deux femmes étaient assises à l'une des tables. La première, blonde et mince, était toute vêtue de rouge. Elle avait l'air ailleurs et souriait à chaque fin de tour, qu'elle ait perdu ou gagné. L'autre, brune, petite et boulotte, bougeait sans cesse, comme un oiseau, recomptait ses mises, ouvrait et refermait un éventail, s'épongeait le front, réclamait un verre de soda… Tous les autres joueurs étaient des hommes, et Célestin fut frappé par le mélange hétéroclite qu'ils formaient, tant par l'âge que par la dégaine. Apaches ou bourgeois en goguette venus s'encanailler, larbins ou artistes maudits, riches ou misérables, ils étaient tous animés de la même fièvre, partageaient tous la même certitude : la prochaine donne serait la bonne, ils allaient se refaire et repartir pleins aux as. Le majordome n'échappait pas à la règle. Il avait aligné devant lui quatre piles de jetons qui devaient bien représenter deux mois de gages. Il était en veine. Célestin s'approcha discrètement de la table. Cinq joueurs, le donneur changeait tous les cinq tours. Léon Sadalo maintint sa veine pendant une grosse demi-heure, perdit un peu sur un bluff manqué, regagna en abattant un full aux rois, puis ne prit plus aucun risque. La petite Chinoise marquait d'un coup de gong chaque heure qui passait. Au suivant, tandis que les vibrations métalliques tremblaient dans l'atmosphère enfumée, Sadalo annonça qu'il partait. Un type en chemise violette assis en face de lui ne semblait pas l'entendre de cette oreille.

— Non, mon pote, tu ne te tires pas comme ça : tu vas rester encore une heure.

— C'est pas ce qu'on avait convenu.

— C'est trop facile de partir sur un coup de veine en raflant la mise. La chance tourne, y en a pour tout le monde.

— Je ne peux pas rester plus longtemps. Je prends mon service très tôt demain matin…

— Ça y est, voilà qu'il va nous raconter sa vie ! Arrête de jacter et rassieds-toi.

Le majordome hésita, puis s'obstina dans son refus.

— Désolé, je rentre.

Le type en violet se leva à son tour, Célestin aperçut dans sa main droite le manche d'un couteau à cran d'arrêt.

— Tu restes là et tu joues !

Sadalo, cette fois, ne prit même pas la peine de répondre, il lui tourna le dos et se dirigea vers la caisse, que tenait un borgne moustachu aux faux airs d'Espagnol. L'autre, faisant jaillir sa lame, se précipita pour le rattraper. Célestin lui fit un croc-en-jambe, l'envoyant s'étaler dans les jambes des joueurs de la table voisine. Il y eut des exclamations furieuses, des cris d'indignation, et même un coup de pied. Le couteau glissa à travers la pièce et termina sa course devant la caisse du borgne, qui le ramassa, le replia et le mit dans sa poche. Il paya sa mise à Sadalo, tout en surveillant du coin de l'œil l'escogriffe qui s'était relevé et défiait Célestin du regard.

— Viens dehors, on va s'expliquer.
— Comme tu voudras. Mais à la régulière.

Ils quittèrent ensemble la salle de jeu, Célestin le premier, l'autre, qui avait jeté sur sa chemise ouverte une veste à large col, juste derrière. Le cerbère de l'entrée les suivit d'un œil indifférent quand ils passèrent devant lui. Arrivé sur le trottoir, le mauvais joueur se jeta immédiatement sur Célestin, pensant profiter d'un effet de surprise. Le policier para le coup d'un grand geste circulaire et, lui ayant coincé le bras sous l'aisselle, il prit son agresseur à la gorge.

— Maintenant, c'est toi qui choisis : je te démonte l'épaule ou je t'écrase la glotte ?

Immobilisé et constamment déséquilibré par le mouvement tournant que Célestin l'obligeait à suivre, le type se calma.

— Bon, ça va… J'en ai eu assez.

Le jeune policier relâcha sa prise ; l'autre, soulagé, reprit son souffle puis le dévisagea.

— Tu veux ma photo ?

— Non, juste histoire que je t'oublie pas, des fois qu'on se retrouverait.

— Je te le souhaite pas.

Tournant les talons, il disparut dans la nuit. Le majordome sortit à son tour après avoir épié par la porte entrouverte la fin de l'altercation. Il avait préféré attendre que les choses se calment. Il remercia chaleureusement Célestin. À peine sorti du tripot, il retrouvait ses manières de larbin.

— Sans vous, monsieur, ce voyou me faisait un mauvais sort.

— J'aime pas les types qui attaquent par-derrière. Je te fais un bout de conduite ? Je vais à la porte Champerret.

L'autre acquiesça, Célestin lui emboîta le pas.

— Oui, c'est aussi mon chemin. Vous êtes bien aimable. C'est bien vous qui faites l'enquête sur le cambriolage ?

— C'est bien moi.

Sadalo n'était visiblement qu'à moitié rassuré, et le jeune policier pouvait presque entendre ses pensées : un flic l'avait surpris dans un tripot fréquenté par la pègre ; les soupçons allaient se porter sur lui.

Célestin s'amusa à laisser monter l'inquiétude du majordome en gardant le silence. Il faisait maintenant un froid glacial. Leurs pas résonnaient dans la nuit. La lune s'était couchée, l'aube était encore loin et le couvre-feu plongeait Paris dans le noir.

— Faut avoir de l'argent à dépenser quand on joue, non ?

— J'ai ma cagnotte. Et je manque pas de veine.

— Dis pas ça, ça va te porter malheur.

Le majordome eut un sourire crispé.

— Vous savez, l'argent que je joue n'a rien à voir avec l'argent que je gagne. C'est comme deux mondes différents, le jeu et le travail.

— Tu t'entends bien avec tes collègues ?

— Je préférerais travailler avec des hommes. Les femmes, c'est toujours des histoires à n'en plus finir. Encore, Henriette, la cuisinière, ça irait, mais Madame s'est entichée de sa petite soubrette, Albertine, une vraie peste, et paresseuse comme une couleuvre. D'ailleurs, ça ne m'étonnerait pas qu'elle soit dans le coup !

Le majordome s'échauffait, Célestin avait appuyé au bon endroit.

— Sauf ton respect, un larbin qui dévalise son patron, ça s'est déjà vu ! Je ne parle pas pour toi.

Sadalo, maussade, hocha la tête.

— Notez bien, je dis ça, mais la petite garce, il n'y a que les colifichets qui l'intéressent, je ne la vois pas en train de farfouiller dans les dossiers de Monsieur.

Au fond, il était parvenu aux mêmes conclusions que le policier : soit la jeune Albertine était manipulée par un complice, soit elle n'avait rien à voir avec le cambriolage. Raison de plus pour retrouver le dénommé Legris, l'homme aux trois doigts, et faire l'inventaire exact de ce qu'il avait récupéré chez Renault. Quant au majordome, il semblait entièrement dévoué à son patron. Joueur, mais honnête.

— Il t'arrive parfois de perdre beaucoup ?

— J'ai toujours su m'arrêter à temps. Si je fais les comptes sur l'année, je suis plutôt gagnant. Ça me permet de voyager, pendant mon mois de congé.

— Et tu vas où ?

— Je vais vous étonner : je descends dans les hôtels de M. Ritz. Celui de Londres, celui de Paris, bien sûr, quand je sais que M. Renault est parti, et aussi celui qui s'est ouvert à Budapest… M. Ritz est un génie, c'est sans doute l'homme que j'admire le plus au monde. Malheureusement, il a beaucoup décliné ces derniers temps.

— C'est comme ça que tu claques tes économies ? Mais les gens que tu rencontres dans ces palaces, ils savent que tu es larbin ?

— Je me fais passer pour un homme d'affaires.

C'était ce qui fascinait Célestin : les gens avaient toujours des côtés obscurs, insoupçonnables. Il décida de se découvrir, pour mettre l'autre au pied du mur.

— C'est dans ces endroits qu'on croise des espions, non ? Des gens qui paieraient cher pour des plans de char d'assaut…

Sadalo s'immobilisa, terrorisé.

— J'y suis pour rien, je vous le jure, monsieur. Mon seul défaut, c'est le jeu, si on peut appeler ça un défaut. Mais, en trente ans de métier, je n'ai jamais volé chez mes employeurs !

— Pourtant, tu me caches quelque chose, bon-homme. Tu as quand même été tenté, c'est ça ?

L'autre baissa la tête.

— Tu as rencontré quelqu'un ?

Les deux hommes reprirent leur marche dans la nuit. Sadalo recommença à parler d'une voix sourde, comme si on lui arrachait les mots.

— C'était il y a deux mois environ, au cercle, justement. Ce soir-là, j'avais la poisse, je perdais tout ce que je voulais. Un type est venu me voir, plutôt jeune, très chic, un monsieur.

— Blond ? Brun ? Yeux clairs ? Foncés ? Grand ? Petit ?

— Blond, avec une petite moustache. Pour les yeux, je ne sais plus très bien, il n'y pas beaucoup de lumière là-bas. Mince, et plutôt grand, oui.

— Et qu'est-ce qu'il t'a demandé ?

— Il a tourné autour du pot, il savait que je travaillais chez M. Renault.

— Comment le savait-il ?

— Je n'ai pas osé lui demander. Mais ce monsieur était à deux doigts de me proposer de l'argent, ça m'aurait permis de me refaire. Le problème, c'est qu'il ne voulait rien en échange.

— Bizarre…

— Oui. En fait, il ne voulait rien tout de suite, mais il m'a laissé entendre que je pourrais lui rendre un service un peu plus tard. Cela ne m'a pas plu, monsieur, et j'ai préféré m'en aller.

— Tu ne te souviens de rien d'autre ?

Le majordome réfléchit un instant. Ils étaient arrivés devant l'hôtel particulier de Louis Renault.

— Il avait une cicatrice bizarre sur la pommette gauche, une cicatrice en forme d'étoile.

L'aube commençait à poindre, vague lueur grise d'un jour qui ne se lèverait qu'à demi, lorsque Mathurin déposa Célestin à la porte de son immeuble rue Sainte-Croix-de-la-Bretonnerie.

— Merci, Mathurin. On a bien gagné le droit de dormir un peu.

— Parlez pour vous, inspecteur ! Pour moi, il est trop tard, j'ai laissé passer le train du sommeil, je dormirai ce soir. Je vais aller me siffler un café crème dans une brasserie où j'ai mes habitudes. Je vous revois quand ?

— Revenez me prendre vers huit heures et demie. On va retourner aux usines Renault, je voudrais parler au chauffeur du patron.

— Très bien, ça me laisse largement le temps de lire les nouvelles, elles sont toujours bonnes, depuis qu'on est en guerre, c'est quand même étrange, non ? Alors qu'en temps de paix les journaux n'annoncent que des catastrophes !

Dans l'entrée de son immeuble, Célestin croisa sa concierge.

— Déjà levée, madame Le Tallec ?

— Oh, je ne dors plus beaucoup, je pense sans arrêt à mon pauvre neveu. Un si beau gars ! Et maintenant, avec la moitié de la figure en moins, comment qu'il va trouver une femme ? Lui qui ne rêvait que d'une famille et de beaux enfants !

— Il trouvera, madame Le Tallec, ne vous en faites pas : il y aura bien une gentille qui tombera amoureuse de lui. Et puis, des hommes, vous savez, il n'en restera peut-être pas tant que ça dans les campagnes, à la fin de la guerre.

— C'est pas bien réjouissant, ce que vous dites là, monsieur Louise.

Célestin eut une petite mimique fataliste puis se dépêcha de monter chez lui. Il régla son réveil pour dormir deux heures et s'écroula sur son lit. Il était en train de rêver qu'un danseur en costume, portant une cicatrice en étoile sur la pommette, ouvrait sans effort le coffre du bureau de Louis Renault quand la sonnerie du réveil le fit bondir. Il se passa le visage sous l'eau froide du petit lavabo de l'étage et retrouva Mathurin qui l'attendait dans la rue, la voiture stationnant sous une petite bruine agaçante. Au passage, quelques mots échangés avec la concierge lui avaient rappelé qu'il devait se munir de tickets pour acheter du pain et de la viande : le commissaire Minier n'avait pas pensé à ce détail. Il s'assit près du vieux chauffeur.

— En route, Mathurin. Et j'ai faim !

— Regardez là-dedans.

Il désignait un paquet de papier sulfurisé posé sur le siège. Célestin le déplia : il contenait un morceau de pain et quelques tranches d'andouille.

— C'est pour moi ?

— Vous gênez pas : j'ai mes adresses. Bon appétit !

Le jeune policier dévora le petit en-cas. La voiture suivait déjà la rive droite de la Seine en direction des usines de Boulogne. Cette fois, ils n'entrèrent pas dans la cour, ils stationnèrent dans la rue, le long du trottoir, en vue du grand portail. La limousine de Louis Renault ne tarda pas à faire son apparition. Son chauffeur était au volant. Elle disparut derrière les murs de l'usine.

— Alors, patron, qu'est-ce qu'on fait ?

— On attend. Je veux parler au chauffeur, mais sans que son patron soit là.

— En principe, ils se déplacent ensemble.

— En principe…

Les événements devaient donner raison à Célestin : le chauffeur réapparut, toujours en uniforme, mais à vélo cette fois. Ils le suivirent à distance, il n'allait pas loin. À quelques centaines de mètres en aval, un hangar avait été construit sur un terrain vague envahi par les broussailles. Une allée assez large y avait été ménagée, qui menait à une porte coulissante fermée par un énorme cadenas. Le chauffeur ouvrit la porte et disparut à l'intérieur du bâtiment. Mathurin dépassa le hangar et se gara un peu plus loin. Célestin sauta de la voiture. Au même moment, une pétarade éclata dans le hangar. C'était le bruit d'un moteur puissant qu'on faisait hurler dans de brutales accélérations, puis se reposer au ralenti avec une vibration lourde. Un moteur au réglage. Les fenêtres du hangar tremblaient.

— Sacré moulin ! apprécia Mathurin.

— Vous croyez qu'il perruque pour un concurrent ?

Le vieux chauffeur haussa les épaules.

— En ce moment, tout peut arriver.

Célestin acquiesça et se dirigea vers la porte du hangar en coupant à travers les hautes herbes jaunies. Compte tenu de l'emploi du temps surchargé de Louis Renault, il y avait cependant de fortes chances pour qu'il sût ce que son chauffeur était en train de fabriquer. Profitant du tintamarre, Célestin fit glisser la lourde porte sur quelques centimètres. Par la fente, il vit d'abord la silhouette du chauffeur penchée sur une caisse métallique, tandis qu'une odeur de gaz d'échappement lui montait au nez. Heureusement, une grande trappe s'ouvrait dans le plafond, permettant d'aérer le hangar. Le policier écarta un peu plus la paroi mobile. Il découvrit l'ensemble de la scène : une voiture de compétition était posée sur des cales. Penché sur le moteur dont le capot était relevé, le chauffeur procédait à de minutieux réglages en actionnant à la main le câble d'accélérateur. Il était tout à son affaire, et ni le bruit ni l'odeur ne semblaient le déranger. Célestin ouvrit la porte en grand et s'avança tranquillement. L'autre ne le vit qu'au tout dernier moment, alors qu'il se passait sur le front une main souillée de graisse noire. Le chauffeur articula une question que Louise ne comprit pas. Le policier lui fit signe de couper le moteur. Un corbeau perché au bord de la trappe du toit salua d'un croassement sceptique le retour du silence. Le mécanicien considérait Célestin avec méfiance, et la carte de police ne sembla pas le rassurer, au contraire.

— C'est M. Renault qui vous demande de vous occuper de cette voiture ?

— C'est lui, oui, mais je n'ai pas vraiment le droit d'en parler.

— C'est un prototype secret ?

— Oui, en un sens. Mais ça n'a rien à voir avec la guerre.

Célestin avisa le numéro quarante-sept peint en noir sur un rond blanc.

— C'est une voiture de compétition ?

L'autre acquiesça sans rien dire.

— Je m'occupe de l'enquête concernant le vol qui a eu lieu dans l'hôtel particulier de M. Renault. On a pris des documents importants dans le coffre-fort de son bureau.

— Oui, je suis au courant, mais qu'est-ce que vous voulez que je vous dise ? Je ne loge pas là-bas, je dépose mon patron le soir et je viens le prendre le matin. Il a son propre véhicule pour ses soirées privées.

— Vous n'avez pas trouvé de local dans l'usine, pour travailler sur cette voiture ?

Joseph eut l'air embarrassé.

— On aurait pu... M. Renault n'y tenait pas. L'usine est devenue une fabrique d'armement, alors, une voiture de course...

Célestin avait douze ans lors de la course Paris-Vienne qui avait définitivement consacré la supériorité de Renault sur ses concurrents. Louis conduisait lui-même une de ses voitures, l'autre était pilotée par son frère, qui s'était tué depuis. De ce qu'il avait saisi de l'industriel, il pouvait comprendre cette passion de la compétition qui l'animait : Renault était un gagnant.

— Il a mis tout ça de côté, mais il ne s'est pas résolu à abandonner complètement les voitures de course, c'est ça ?

— Oui. Et puis… ce serait difficile d'aller à Vienne, aujourd'hui.

Célestin sourit. Il désigna le prototype.

— Et celle-là, elle peut gagner ?

— Ce sera pas facile de la battre. Surtout avec le patron au volant.

Du coup, les yeux du mécanicien s'étaient mis à briller.

— S'il vous revient quoi que ce soit concernant le vol, appelez-moi. Célestin Louise, au Quai des Orfèvres. Je peux avoir votre adresse ?

Joseph griffonna quelques chiffres sur un bout de carton.

— J'ai le téléphone, c'est M. Renault qui me l'a installé.

Sur le chemin vers le Quai des Orfèvres, Célestin eut droit à tout le palmarès Renault en compétition, une suite ininterrompue de victoires qui avaient fait le renom international de la marque : Paris-Ostende, Paris-Toulouse, Paris-Berlin, Paris-Vienne, et la tragique Paris-Madrid, au cours de laquelle Marcel, le frère de Louis, s'était tué. Mathurin était un passionné et ne conduisait d'ailleurs que des Renault.

— Pensez donc, il a installé son premier atelier dans le jardin de ses parents ; il n'avait pas vingt ans, il était déjà capable de construire une voiture tout seul !

Il était presque dix heures quand ils entrèrent dans la cour du trente-six. En descendant de voiture, Célestin croisa Raymond, qui lui fit une mimique catastrophée : le patron le cherchait partout, ça avait l'air important, en tout cas Minier était dans tous ses états.

— Tiens, Bouboule, toi qui es un as des statistiques, tu peux regarder dans tes fiches ? Je cherche un beau gars brun, vingt-cinq, trente ans, un physique de julot avec une mèche dans les yeux, et deux doigts en moins à la main droite. Il se fait appeler Amédée Legris, et aurait eu une piaule au 12, rue des Dames.

— Ça doit se trouver. Je m'en occupe.

Le jeune policier grimpa les marches quatre à quatre et frappa à la porte du commissaire,

— Entrez !

Il était au téléphone. Son visage se décrispa légèrement quand il reconnut Célestin.

— Le voilà, justement. Je vous l'envoie tout de suite, monsieur le ministre. Au revoir, monsieur le ministre.

Il raccrocha et fusilla Louise du regard.

— Bon Dieu, qu'est-ce que vous fabriquez ? Ça fait plus d'une heure que je vous cherche, vous êtes nulle part !

— Je poursuis mon enquête, patron. Difficile d'avoir des horaires.

— Et alors, vous avancez ?

— J'ai passé en revue le personnel, j'ai deux ou trois choses à vérifier, mais il me semble hors de cause.

— Et alors ? Je ne vous demande pas de trouver des innocents, je vous demande un coupable. Et aussi de remettre la main sur ces fichus plans ! Maintenant, vous partez immédiatement à l'École militaire, vous êtes convoqué à une réunion officielle, et secrète, à la demande expresse de M. Renault. Et vous avez déjà cinq minutes de retard !

Célestin ouvrit de grands yeux.

— Mais il est encore trop tôt, je n'ai rien de nouveau à lui dire.

— À mon avis, il ne s'agit pas de votre enquête : vous leur avez tapé dans l'œil pour je ne sais quelle raison, et ils tiennent à vous avoir près d'eux. Je ne peux pas m'y opposer, mais rappelez-vous que vous n'êtes pas là pour faire des mondanités et perdre votre temps dans les bureaux de la Défense nationale. Alors tâchez de ne pas traîner !

— Ça ne m'amuse pas non plus, patron. Juste une question : ils ont été incarcérés où, la bande d'apaches qu'on a coincés hier ?

— Les bonshommes à la Santé, les deux femmes à la Roquette.

— Je voudrais voir celle qui se prénomme Joséphine. Vous pouvez m'arranger ça ?

Minier lui lança un regard bizarre, et promit de lui obtenir un laissez-passer.

Mathurin s'était surpassé : il n'avait pas mis dix minutes pour déposer Célestin sur la place de l'École-Militaire. Il fallut presque plus de temps au jeune policier pour franchir les différents contrôles, où des plantons suspicieux lui demandaient sa carte de police et lui faisaient répéter l'objet de sa visite. Enfin, il tomba sur un secrétaire fébrile qui était au courant et qui précipita Célestin le long d'un couloir avant de frapper deux coups discrets, à une immense porte à dorures qu'il entrouvrit. Il passa la tête et chuchota :

— M. Louise.

— Qu'il entre, qu'il entre !

Célestin, à sa grande stupeur, se trouva propulsé dans une immense salle de réunion dont les hautes portes vitrées donnaient, à l'arrière, sur un charmant jardin. Une table recouverte de maroquin rouge occupait presque toute la surface de la pièce. Tout autour, on avait disposé des chaises confortables à haut dossier. À un bout de la table, Célestin reconnut Albert Thomas, le secrétaire à l'Armement, enfoncé dans son siège, la tête un peu penchée comme s'il pesait chaque avis. À sa droite, deux généraux bardés de décorations, moustachus et sur leurs gardes, et un colonel au regard vif, qui accueillit le policier avec un bref sourire : le colonel Estienne. À la gauche du ministre, un rond-de-cuir faisait la gueule, un autre haut fonctionnaire, plus jeune, repoussait compulsivement ses petite lunettes à monture métallique sur le haut de son nez et Dubreuil, le directeur des usines Renault, était plongé dans ses dossiers. En face du ministre siégeait le grand industriel lui-même, Louis Renault, qui avait juste apporté un mince classeur. Il fit signe à Célestin de s'asseoir sur un des fauteuils vides près de lui et prit d'emblée la parole.

— Bienvenue, inspecteur, et merci de vous joindre à nous. À vrai dire, ce n'est pas en votre qualité de policier que mon collaborateur Dubreuil (ici, Dubreuil hocha la tête) a insisté pour qu'on fasse appel à vous, bien que nous sachions tous, ici, que vous enquêtez sur la disparition des plans du FT 17. Nous désirons seulement avoir un témoignage de première main sur les conditions dans lesquelles vous livrez les assauts contre les tranchées ennemies.

Le colonel Estienne sourit au jeune policier et enchaîna :

— Tout cela ne vous éloignera pas tant de votre enquête, monsieur Louise. Nous sommes en train d'étudier l'opportunité de mettre en fabrication en série ce fameux petit char d'assaut dont M. Renault a dessiné le prototype. Je ne vous cache pas que je suis personnellement très favorable à une mise en production rapide, mais tout le monde n'est pas de mon avis.

Une des badernes décorées se racla bruyamment la gorge et se mit à développer en aboyant presque un argumentaire incohérent contre les chars d'assaut blindés.

— Et je vous rappelle, messieurs, que la mise en service des chars lourds Schneider et Saint-Chamond a été un échec cuisant.

— Précisément, intervint Renault : l'engin que je vous propose est un char léger, maniable, bien armé et capable de franchir sans basculer les tranchées ennemies et tous les types de boyaux. Vous avez assisté vous-mêmes à une première démonstration…

— Au cours de laquelle, coupa un général, vous avez été à deux doigts de vous foutre à l'eau !

— Un petit problème d'embrayage. Déjà réglé.

— Demandons plutôt à l'inspecteur Louise, qui nous arrive tout droit du front, ce qu'il en pense.

Un peu intimidé, Célestin regarda cette tablée de grands personnages dont dépendait le sort de dizaines de milliers d'hommes, des soldats dont ils ne connaissaient que vaguement les conditions de survie.

— J'en pense tout le bien possible, mon général, répondit Célestin. Vous avez peut-être mené vous-même une attaque frontale contre une tranchée allemande…

Le général, embarrassé, se tira les poils de la moustache.

— … et vous connaissez la terrible impression que l'on a lorsqu'on quitte la tranchée et qu'on se retrouve sur le parapet, sans aucune protection. On doit alors parcourir cent ou deux cents mètres sous le feu des mitrailleuses ennemies. À vrai dire, on n'a pas fait vingt mètres que la moitié des hommes ont été touchés. On est ensuite obligés de progresser par bonds successifs d'un trou d'obus à l'autre, jusqu'à ce qu'on parvienne enfin aux barbelés d'en face…

— Que l'artillerie a normalement pulvérisés, affirma le général.

— Normalement. En réalité, assez rarement, et dans tous les cas pas suffisamment pour que nous puissions passer sans ralentir. Si, dans ces moments difficiles, nous pouvions nous abriter derrière des chars, eux-mêmes armés de canons ou de mitrailleuses, les chances de réussir une attaque seraient, à mon avis, multipliées par dix. Et les pertes beaucoup moins élevées.

Le haut fonctionnaire à lunettes représentait le ministère de l'Industrie. Il semblait s'ennuyer profondément en écoutant le discours de Célestin.

— J'entends bien, inspecteur Louise. Mais il est clair que ce petit char, dont précisément vous recherchez les plans, M. Renault n'aura pas manqué de vous en faire une élogieuse description.

— C'est faux : il m'en a juste fait un compte rendu technique, mais il ne m'a pas caché qu'il espérait que sa machine précipiterait notre victoire.

— C'est tout son intérêt.

— C'est celui de la France, monsieur, s'indigna l'industriel. Vous n'avez aucune idée des conditions effroyables dans lesquelles nos soldats se battent ! Vous avez entendu M. Louise : donnons-nous une chance non seulement d'épargner de précieuses vies, mais de remporter la victoire dans les meilleurs délais.

— Les délais, les délais... Il faudra faire de nouveaux essais, faire entériner la commande par nos services, nous coordonner avec l'administration des matières premières...

— Bref, le coupa Célestin, on a encore largement le temps de nous faire couper en deux par les rafales de mitrailleuses ?

Le fonctionnaire devint livide, et le colonel Estienne ne put réprimer un sourire, tandis que les deux généraux échangeaient un regard navré. Pour dissiper la gêne, le ministre lui-même prit la parole avec courtoisie :

— Inspecteur Louise, nous vous remercions de votre témoignage, il était le bienvenu, et nous savons la dureté des combats qui se livrent à nos frontières. Nous voilà maintenant en mesure de poursuivre notre conférence dans les meilleures conditions.

Il y eut un silence, Célestin comprit qu'il était congédié. Comme il se retirait, Louis Renault lui fit un petit signe de gratitude. Tandis qu'il suivait l'huissier qui le raccompagnait vers la sortie, le policier eut une nouvelle fois le sentiment vertigineux du gouffre qui séparait ceux de l'arrière, y compris les militaires, et les poilus, dont l'urgence, à chaque minute, était de survivre. À tout prendre, c'était encore Louis Renault qui semblait le plus près des réalités de la guerre, lui dont la vision des mécaniques du futur n'empêchait pas l'évaluation précise des souffrances quotidiennes des combattants.

CHAPITRE 7

LA PISTE DE JOSÉPHINE

Au bureau, Raymond Georges avait étalé devant lui une dizaine de fiches anthropométriques. On eût dit une réussite, un jeu dont les figures le laissaient perplexe. Pourtant, lorsque Célestin entra dans le bureau, le petit gros lui brandit sous le nez, sans une hésitation, le portrait d'un des voyous que, par recoupement, il avait sélectionné.

— C'est pas lui, ton barbeau ?

La mèche en moins, c'était bien l'amant d'Albertine, la femme de chambre, le dénommé Amédée Legris.

— Amédée Legris, tu parles Charles ! Il s'appelle Zéphyrin Matez, on l'a déjà alpagué deux fois pour violences sur la voie publique et on est quasiment sûr qu'il émarge au pain de fesses, mais on n'a jamais pu le coincer.

Célestin prit la fiche et regarda la photographie de son agresseur de la nuit.

— Dis donc, la petite Bléthu, elle filait un mauvais coton !

— Sûr de sûr : encore trois ou quatre mois et il l'aurait mise sur le ruban, bon gré mal gré. Tu sais comment je l'ai retrouvé ? Par élimination, tout bêtement.

Bouboule était visiblement fier de sa méthode.

— D'abord le sexe, puis l'âge, puis les délits, puis le physique, et pour finir les deux doigts qui lui manquent : et voilà le travail !

— Et tes fiches, elles disent aussi où est-ce qu'on peut le gauler ?

— Presque : il a l'habitude de travailler avec une bande de Manouches qui traînent du côté du canal de l'Ourcq.

— Tu peux t'en occuper ?

Le gros Raymond devint blême : l'action, ce n'était pas son rayon, mais il pouvait difficilement dire non.

— Prends deux agents avec toi, et faites ça en douceur.

— En douceur ?

— Il ne faut pas le laisser frapper, c'est tout. Quand vous l'aurez serré, préviens-moi, il faut que je lui cause. À part ça, Minier n'a rien laissé pour moi ?

Bouboule, qui commençait déjà à transpirer à l'idée de l'arrestation de Matez, tendit du bout des doigts une grande enveloppe à Célestin : c'était une autorisation d'interroger la dénommée Taillard Joséphine, présentement incarcérée à la Roquette.

Avant d'arriver au bureau que le directeur de la prison avait mis à sa disposition, Célestin Louise dut traverser à la suite d'un gardien chargé de clefs une petite cour sur laquelle donnaient les cellules des femmes. Elles ne mirent pas longtemps à le remarquer et il eut droit à une volée de sifflets qui n'étaient pas forcément agressifs.

— C'est moi que tu viens voir, mon beau ? hurla une blonde bouffie accrochée à ses barreaux.

— Rêve pas, la goulue, ce mignon-là, c'est pour mon pucier !

— C'est peut-être le nouveau directeur ?

— C'est pas ça qui m'empêcherait de lui faire des gâteries. Je le trouve à mon goût.

Le gardien ouvrit une porte en fer en adressant à Célestin une mimique excédée.

— On dirait qu'elles manquent d'affection, suggéra le jeune policier.

— On n'est pas là pour ça. Attendez ici, je vais chercher la dénommée Taillard.

C'était une petite pièce nue, sans ouverture, éclairée par une lampe à gaz à la flamme tremblotante. Une table était fixée au mur, et deux sièges scellés au sol. Un court instant, Célestin se revit dans l'abri de tranchée, quand ils se tenaient serrés les uns contre les autres dans le fracas des obus en espérant n'être pas enterrés vivants. L'idée de la guerre lui revint, lancinante, épuisante. Dix-sept mois, déjà, que les hommes se massacraient là-bas, dans des conditions inimaginables, dix-sept mois de cauchemar dont on ne voyait pas la fin. Un bruit de clefs. La porte s'ouvrit sur Joséphine, menottée, accompagnée par le gardien morose.

— On peut lui enlever les pinces ?

— Non, c'est le règlement depuis qu'un juge a failli se faire arracher les yeux. Faut pas croire, inspecteur, mais c'est des diablesses. Je reste dans le couloir, cognez à la porte quand vous aurez fini.

Il les laissa face à face, Célestin embarrassé, Joséphine qui gardait obstinément les yeux baissés.

— Tu veux t'asseoir ?

Sans dire un mot, elle se laissa tomber sur une des chaises. Célestin la regarda ; la flamme irrégulière jetait des reflets roux dans ses cheveux qu'elle avait laissés dénoués.

— Je pensais pas qu'un jour c'est moi qui t'arrêterais.

— Alors fallait pas devenir flic !

Elle avait relevé la tête et le défiait du regard.

— Qu'est-ce que tu fais avec cette bande de tordus ? C'est pas des tendres.

— J'ai pas besoin de tendresse. Quand on vient de la zone, on n'a qu'une seule idée : ne pas y retourner. Tous les moyens sont bons.

— En attendant, t'es en taule.

— Grâce à toi.

— Je ne fais que mon métier. Tu as toujours su que j'étais flic, hein ?

— Ça te colle à la peau. Mais ça te va pas mal. Et ça ne t'empêche pas d'être un bon amant, inspecteur Louise.

Malgré la mauvaise robe et le fichu réglementaires, Joséphine dégageait toujours cette sensualité animale qui avait séduit le jeune homme[1]. C'était juste avant la guerre, c'était un siècle auparavant. Il se souvint de leurs caresses, du corps ardent de sa maîtresse, du plaisir enfantin qu'elle prenait à l'amour, de la confiance avec laquelle elle s'abandonnait.

— Tu aimes un de ces types ?

— Ça ne te regarde pas. Et puis, tu ne pourras jamais les comprendre. C'est de naissance. Et toi, t'es plus à la guerre ?

— Si. On m'a demandé de revenir pour une enquête.

Joséphine fit une moue admirative.

— T'es dans leurs petits papiers, alors ?

— J'en sais rien et je m'en fous. Je peux te poser quelques questions ?

— Tu peux. Je ne suis pas sûre de répondre.

— Louis Renault, l'industriel, s'est fait voler les plans d'une arme secrète dans son coffre-fort, chez lui. Tu n'en as pas entendu parler ?

— Je ne m'intéresse pas à la politique. Ces histoires-là, c'est des affaires trop compliquées.

Célestin nota avec tristesse qu'elle s'exprimait désormais comme un apache.

— Tu n'as pas une idée de qui peut monnayer ce genre de choses ?

— Un Boche !

— Évidemment ! Mais qui ? Où ? Comment ?

— C'est un professionnel qui les a chauffés, tes plans ?

1. Voir *La cote 512*.

— Pas sûr. Je pense même que non. C'est un coup tordu.

— Ça ne m'étonne pas : il n'y a pas de fourgue pour ce genre de marchandises. Essaye les ambassades, les diplomates… C'est un truc de la haute, pas une affaire de voyous.

— Tu en es sûre ?

— Certaine. Tu vois, je te réponds, j'ai même pas de rancune.

— Tu as pris tes risques, Joséphine, et tu es tombée : à cause de moi ou d'un autre, c'est pas la question.

— Autre chose ?

Elle frissonna et, à la faveur d'un regain de lumière, Célestin se rendit compte qu'elle avait bien mauvaise mine.

— Un type avec une cicatrice en étoile sur la pommette gauche, fréquentant les cercles de jeu, ça te dit quelque chose ?

— Pas comme ça. Et je ne suis pas ton indic. Mais je peux en parler à mes copines, en souvenir du bon vieux temps. Et toi, qu'est-ce que tu peux faire pour moi ?

— Pas grand-chose. De quoi tu as besoin ?

— Si tu peux m'avoir du savon. Et une brosse à cheveux.

Mathurin attendait Célestin au volant de la Renault, devant les portes de la prison.

— Où est-ce que je peux trouver des diplomates ?

144

— Dans les ambassades. Quel pays vous intéresse ?

— Je ne suis pas encore fixé. Ils ont leurs habitudes ?

— Pas loin du Quai d'Orsay, derrière l'Assem-
blée, il y a une brasserie, À la Bourgogne. Tous
les midis, ces beaux messieurs refont le monde,
dans toutes les langues.

— Alors on y va. Je peux peut-être y glaner
une information.

Mathurin lui jeta un coup d'œil et fit une grimace dubitative.

— Vous n'allez pas manger tout seul là-bas ?
On va vous repérer tout de suite, et ces gens-là
sont discrets, c'est comme qui dirait une déforma-
tion professionnelle. Tous ces consuls viennent en
couples, et rarement légitimes. À chacun sa demi-
mondaine. Dans un sens, on peut dire qu'ils
aiment la France !

Célestin n'avait jamais envisagé ce genre de dif-
ficultés. Il lui fallait un bras complice, et de préfé-
rence non dépourvu de charme. Son choix était
restreint. Il sourit.

— On fait un détour par l'Opéra.

Le jeune policier arriva à la conciergerie presque
en même temps que Claude Gilles, l'habilleur de
Jeanne Hatto. Celui-ci apportait un large coupon
de tissu grenat, dont il fit jouer de la main les moi-
rures.

— Finalement, je vais être obligé de lui refaire
sa robe ! Ces metteurs en scène sont extravagants !

— Mme Hatto est là ?

— Pas aujourd'hui : ce sont les danseuses qui occupent le plateau. Et votre enquête ?

— Elle avance, je vous remercie. De votre côté, vous n'avez rien remarqué ? Vous ne vous êtes souvenu de rien de particulier ?

— Je n'ai pas l'esprit à ça, vous savez : j'ai une première dans quinze jours et je n'ai pas fini la moitié des costumes de Mme Hatto. Bon courage !

Il disparut dans l'escalier qui montait aux loges.

Le petit Firmin fut ravi de revoir le policier. Par un étroit colimaçon, il le mena en coulisses. L'orchestre faisait sonner un air russe, à la fois entraînant et nostalgique. Sur l'immense plateau de scène, les danseuses s'étaient mises en demi-cercle sur leurs pointes, bouquet de tulle blanc d'où s'échappaient leurs longues jambes et leurs épaules nues. Au milieu, un duo d'étoiles développait avec grâce une chorégraphie amoureuse qui parlait d'étreintes et d'un cœur qui se brise. Célestin, saisi par tant de beauté, en eut comme un éblouissement. Il était trop proche de la guerre, il sentait continuellement sur lui l'ombre sinistre du carnage et l'odeur du sang, il n'était pas préparé à cette exquise futilité qui rendait plus dérisoire encore le sacrifice de ses compagnons. Enfin, comme le corps de ballet se redéployait en une nouvelle géométrie tout aussi délicate et tout aussi sensuelle, il reconnut Chloé, sereine et concentrée, ravissante. Jusqu'à la fin de la répétition, il ne la quitta pas des yeux. Enfin, comme la troupe s'égaillait vers les loges, il vint vers elle et la félicita. Toute rouge de son effort, haletante et en eau, la danseuse le remercia en souriant.

— C'est vrai que vous faites une enquête ?

— Rassurez-vous, elle n'a pas grand-chose à voir avec l'Opéra.

— On dit pourtant des choses sur Mme Hatto…

— Laissez donc dire. Êtes-vous libre à déjeuner ?

Une autre artiste qui passait près d'eux avait surpris la question. Elle intervint d'une voix gouailleuse qui contrastait avec sa tenue de scène.

— Vous avez de la chance, elle a un baron qui s'est décommandé !

De rouge, Chloé devint cramoisie.

— On t'a pas sonnée, toi !

— Est-ce que je peux profiter de ma chance ?

— Attendez-moi en bas. Je me change et je vous rejoins.

Devant la loge du concierge, Célestin regardait distraitement la sortie des ballerines, dont certaines s'en allaient en riant, bras dessus, bras dessous, et d'autres montaient dans des coupés décapotables à conduite intérieure qui démarraient pour de galantes destinations. Le policier essayait d'y voir clair dans une enquête qui semblait pourtant, à chaque nouvel élément, lui échapper un peu plus. Aucune des trois personnes qui possédaient le code du coffre-fort de Louis Renault n'était susceptible d'avoir dérobé des plans militaires qui ne pouvaient du reste intéresser que des services d'espionnage. Seule une puissance étrangère, et plus particulièrement l'une de celles qui étaient en guerre contre la France, serait prête à monnayer sans discuter ces plans. Ce n'était pas la clientèle habituelle des voyous. Il restait la possibilité d'un hasard, d'une occasion, un visiteur, un domestique, quoique le personnel de l'hôtel particulier semblât désormais hors de cause. Quelque chose ne collait pas : les éléments que Célestin avait rassemblés ne s'emboîtaient pas bien, et son raisonnement aboutissait à des impasses.

— Vous êtes bien songeur, monsieur l'inspecteur.

Chloé était devant lui, emmitouflée dans un gros manteau de laine piqué au col d'une broche de turquoise.

— Vous m'emmenez où ?

— Chez les diplomates. Vous avez faim ?

— Une faim de loup ! Vous n'allez pas faire une affaire !

Elle éclata de rire et, très simplement, lui prit le bras et l'entraîna dehors. Mathurin accueillit le couple avec bonhomie. Il descendit de voiture pour leur ouvrir la portière arrière avec un brin de déférence qui surprit Célestin.

— Mademoiselle…

C'est tout juste s'il n'y allait pas d'une légère inclination de la tête.

— Bonjour, monsieur.

Chloé refusait d'emblée de considérer Mathurin comme un chauffeur à sa disposition. Célestin lui en sut gré. Comme la jeune femme passait devant lui pour s'installer sur la banquette arrière, le vieux taxi eut un regard appréciateur et confirma d'un petit sourire au policier qu'il avait bon goût.

Mathurin déposa Célestin et Chloé place du Palais-Bourbon, à l'entrée de la rue de Bourgogne. La brasserie se trouvait à l'angle de la rue Saint-Dominique. Chloé à son bras, Célestin fit mine de détailler le menu affiché à l'entrée. En réalité, il observait l'intérieur, la disposition de la salle, la mine des clients. Beaucoup d'élégance et quelques uniformes, et, comme l'avait prédit Mathurin, une majorité de couples dont les femmes étaient bien jeunes. L'espace d'un instant, il se vit en reflet dans la devanture : n'eût été son costume trop sombre et trop sévère, Chloé et lui ne manquaient pas d'allure. À cet égard, le regard d'envie que lui lancèrent deux officiers anglais, après avoir détaillé la silhouette de la jeune danseuse, fut assez éloquent.

— Vous avez réservé ? s'inquiéta le serveur en chemise blanche et gilet noir, tablier serré autour de la taille.

— Non, mais vous allez bien nous trouver quelque chose quand même ? minauda Chloé.

— Suivez-moi.

La jeune femme fit un clin d'œil malicieux à Célestin, gêné. Ils furent bientôt installés sur un coin de banquette, assis à angle droit, ce qui leur permettait à tous deux de voir la salle. Dans le compartiment qui leur faisait face, les deux officiers anglais essayaient sans succès de s'intéresser à autre chose qu'au décolleté discret de Chloé qui, bien consciente de l'effet qu'elle produisait, jouait à cache-cache avec la carte du menu. Célestin était agacé par la coquetterie de sa compagne, même s'il devait convenir qu'elle était bien jolie. Il se demanda comment Éliane se serait comportée dans cette même situation et finit par se dire qu'elle n'aurait jamais accepté une invitation dans un restaurant aussi chic. Dans le quart d'heure qui suivit, l'établissement finit de se remplir. Chloé commanda une pièce de saumon à l'oseille, Célestin, affamé, avait pris un cœur de rumsteck avec des frites bien dorées. Pour un peu, il se serait cru dans un rêve de poilu, quand les hommes, avant de s'endormir d'un mauvais sommeil, se racontaient leurs meilleurs gueuletons d'avant guerre, histoire d'oublier les cailloux du rata et le café jamais chaud. Bientôt, les conversations se firent plus vives, les exclamations fusaient sous les miroirs du plafond, on s'apostrophait entre habitués d'une table à l'autre, on échangeait les nouvelles du jour, on prétendait en savoir plus que les communiqués officiels. À la table voisine, deux attachés parlementaires s'étaient installés devant une bonne bouteille de bourgogne qu'ils préféraient visiblement à leurs pot-au-feu.

— Tu es au courant de cette histoire de Louis Renault ? interrogea l'un d'eux.

D'un signe discret, Célestin interrompit le babillage de Chloé. Penché sur son assiette, il ne perdait pas un mot de la conversation qui se déroulait à côté.

— Vaguement... Des plans qui ont disparu, c'est ça ?

— Les plans du futur petit char qui doit, à en croire certains, nous apporter la victoire.

— Et beaucoup de travail à M. Renault !

— Lui, je ne le crois pas malhonnête, mais l'histoire fait tout un foin, et le député Brosselot veut interpeller le ministre. Il faut que je rédige une réponse, quel ennui !

L'homme sortit une cigarette d'un étui et se pencha vers Chloé pour lui demander la permission de fumer.

— Je vous en prie, monsieur.

Comme il allumait sa cigarette, Célestin l'apostropha.

— Excusez-moi, messieurs, je vous entends parler de la disparition des plans chez l'industriel Renault. Il se trouve que cette affaire me passionne. Je me suis demandé... Si quelqu'un désirait monnayer ces plans à une puissance étrangère, à votre avis, comment s'y prendrait-il ?

Les deux hommes, surpris et vaguement méfiants, se regardèrent avant de se décider à faire au jeune policier l'aumône d'une réponse prudente.

— Il faudrait d'abord qu'il montre patte blanche. Les diplomates sont des gens extrêmement méfiants, pour lesquels la moindre requête prend vite des allures de machination. *A fortiori* une demande concernant des plans militaires ultrasecrets !

— Et cette... personne, ce voleur, aurait-il une

chance de récupérer une somme d'argent importante ?

— À condition d'être lui aussi particulièrement astucieux. Une fois sur deux, dans ce genre de négociation hasardeuse, on y laisse la peau.

— Le monde de l'espionnage est un panier de crabes sans foi ni loi, ajouta le deuxième homme. La personne qui a dérobé les plans devait savoir auparavant à qui elle allait les proposer. Dans le cas contraire, je lui donne peu de chances d'en tirer profit.

L'explication était claire. Célestin remercia et consacra le reste du repas à répondre aux plaisanteries de Chloé. Elle l'invita au vernissage d'un des jeunes peintres auxquels elle servait de modèle, un provincial blessé à la guerre, puis monté à Paris et qui s'efforçait d'oublier les horreurs du front en exaltant la délicatesse de ses nus.

— Nicolas Boxen. Un gentil garçon.

— C'est votre amant ?

— Presque. Je n'aurais pas dit non s'il avait voulu. Un jour, il a posé ses pinceaux et s'est approché de moi, j'étais toute nue. Il a passé sa main sur mes seins puis il a poussé un grand soupir et m'a demandé de partir. Les artistes sont souvent bizarres !

— Surtout quand ils rentrent du front.

Le cafard avait repris Célestin. Il régla l'addition et se leva pour partir. Comme il s'effaçait pour laisser passer Chloé, l'un des attachés lui demanda pourquoi il s'intéressait tant à Louis Renault. Le policier sortit sa carte et déclina son identité.

— C'est moi qui suis chargé de l'enquête. Merci de vos renseignements.

Il planta là les deux fonctionnaires éberlués et maussades, et retrouva sa compagne dans la rue. Un homme pressé se rua sur eux. Il sortit d'un cartable informe une pile de prospectus, il gesticulait, il parlait vite et fort.

— Messieurs dames, pardon d'interrompre votre promenade. Vous sortez visiblement d'un excellent restaurant où l'on vous a servi les plats les plus exquis, où votre faim a pu s'assouvir dans les meilleures conditions, et ce n'est que justice. Mais pensez-vous à nos soldats qui, en ce moment même, luttent héroïquement dans le froid le plus vif, au fond de tranchées menacées par les bombes, pour défendre nos frontières ? Chaque seconde, chaque minute, apporte son tribut de blessés et de morts. Comment les oublier, eux qui sont nos héros ? C'est pour eux que nous avons créé la Ligue de secours aux combattants de première ligne, pour aider ceux qui exposent leur vie pour nous sauver.

Il tendit un prospectus à Chloé qui, émue, détailla une terrible gravure montrant un soldat français blessé mais combattant encore, couvert de sang, défendant sa tranchée jusqu'à son dernier souffle. Elle ouvrait déjà son sac à main lorsque Célestin l'arrêta.

— Expliquez-moi, monsieur… Les dons que vous récoltez, qu'en faites-vous ?

— Principalement des colis contenant vêtements et nourriture, afin d'améliorer l'ordinaire de nos jeunes soldats. Et, croyez-moi, nous faisons bien des heureux. J'ai ici des lettres... Regardez, lisez...

Célestin parcourut deux ou trois lettres prétendument expédiées par des poilus : il suffisait d'un peu d'attention pour en déceler les invraisemblances. Elles avaient été de toute évidence écrites à Paris par un quelconque escroc, à partir des rumeurs qui arrivaient du front. Blanc de colère, le policier déchira les deux lettres et les jeta dans le caniveau. L'homme aux prospectus ouvrit de grands yeux.

— Que faites-vous, monsieur ?

— Je vous donne deux secondes pour disparaître, ou je vous casse la tête ! J'arrive du front, espèce de salopard, et nous n'avons jamais reçu tes colis, ni été avisés de l'existence de ton association. Tu as de la chance que je n'aie pas le temps de t'emmener au poste, histoire de causer. Allez, fous le camp !

L'autre tourna les talons et se mit à courir.

— Attends ! hurla Célestin.

En deux pas, il rattrapa l'escroc et lui arracha sa sacoche.

— Que je puisse au moins te signaler à la préfecture.

Il lui flanqua un coup de pied aux fesses qui ôta au bonhomme ce qui lui restait de dignité. Quand il eut disparu au coin de la rue, Célestin se retourna vers Chloé, qui hésitait entre le rire et la surprise.

— Excusez-moi...

— Non, vous avez bien fait, dit-elle en froissant à son tour son prospectus. Mais vous êtes bien certain que…

— Qu'il voulait nous escroquer ? Il n'y a aucun doute. Il existe plus de six mille œuvres d'aide aux soldats enregistrées à la préfecture, et autant qui voudraient l'être. D'après nos recensements, la plupart d'entre elles ont plus fait pour la fortune de leurs créateurs que pour le bien-être des soldats.

— C'est dégoûtant !

— La guerre est une saleté, Chloé. La guerre et tout ce qui va avec.

Elle le regarda avec ses grands yeux de chat, étonnée qu'il l'ait ainsi appelée par son prénom, n'y trouva finalement rien à redire et se serra contre lui. Ils marchèrent ainsi jusqu'à la voiture, que Mathurin avait garée devant l'Institut géographique. Au moment d'y monter, Chloé glissa à l'oreille du policier :

— Je vous aime bien, Célestin.

Du coup, toute sa colère tomba et la tristesse revint, mordante, teigneuse. Il s'installa près de la jeune femme et resta silencieux. Elle lui jetait des regards en coin sans oser le déranger. Ils la déposèrent aux Invalides, où elle prit un omnibus qui la ramenait vers Clichy.

— Et n'oubliez pas pour l'exposition !

Il promit qu'il viendrait, elle lui fit un petit signe et disparut dans la foule qui se pressait vers la rue de l'Université. Célestin retrouva sa place près de Mathurin. Tandis qu'ils retournaient vers le Quai des Orfèvres, le vieux chauffeur souriait dans sa moustache.

— Elle en pince pour vous, inspecteur.

— Ah ! Et j'en fais quoi ?

— Je n'ai pas de conseil à vous donner. Moi, j'ai préféré rester célibataire. Et pour la bagatelle, je me débrouille, j'ai mes habitudes.

Célestin s'imagina un instant étreignant le corps ravissant de Chloé, mais l'image du gros bouquet de fleurs de son admirateur aristocratique mit fin à sa vision. Comme ils passaient devant la devanture d'un parfumeur, le jeune homme demanda à Mathurin de s'arrêter. Il acheta un savon à la violette et une très jolie brosse à cheveux au manche d'ivoire, trop chers pour lui et trop beaux pour une prisonnière, juste à la mesure de tout l'amour qu'il aurait pu offrir à Joséphine. Ils firent en revenant un détour par la Roquette et Célestin obtint que son colis fût remis en main propre à la prisonnière.

Dans la cour du Quai des Orfèvres, une nouvelle surprise attendait Célestin. Encadré par deux agents de police, menotté, un grand gaillard s'avançait vers un fourgon cellulaire. Le crâne rasé, la barbe en désordre, le regard baissé égarèrent quelques secondes le jeune policier, qui finit par reconnaître un des plus fameux cambrioleurs à qui il avait eu affaire : Octave Chapoutel, dit la Guimauve. Il l'avait quitté enterrant les cadavres près du champ de bataille[1], il le retrouvait prison-

1. Voir *La cote 512*.

nier et prêt à partir au dépôt. Il s'excusa auprès des deux agents et se planta devant la Guimauve.

— Qu'est-ce que tu fous ici, Chapoutel ?

— Ah, c'est vous, inspecteur… Ils m'ont repris.

Célestin interrogea du regard un des deux gardiens.

— Il est parti en permission et, au lieu de retourner au front, il s'est remis à ses petites affaires. On l'a pris en flagrant délit en train de cambrioler l'appartement d'un officier anglais.

— Il avait qu'à passer moins de temps au bordel ! maugréa la Guimauve.

— Te voilà bien moraliste, Octave. Qu'est-ce qui va lui arriver ?

— Cour martiale, fit l'un des flics avec une petite grimace.

— Que ce soit les Boches ou les Français, il faut toujours qu'on me tire dessus ! conclut Chapoutel d'une voix lugubre.

— Allez, en route !

Célestin regarda les deux agents monter dans le fourgon avec la Guimauve. Il n'arrivait pas à imaginer que ce grand escogriffe qu'il avait vu se démener au milieu des corps broyés par la guerre allait finir au poteau d'exécution. Il resta immobile au milieu de la cour jusqu'à ce que le fourgon eût disparu. Dans le couloir, en haut des marches, une femme l'attendait. Elle se leva dès qu'elle le vit et se pressa vers lui. C'était Isabelle Dubreuil. Le cœur de Célestin s'emballa : venait-elle lui apporter un renseignement déterminant, l'indice qui allait faire progresser son enquête ?

— Monsieur Louise, dit-elle, presque implorante, j'ai beaucoup réfléchi… Nous autres, Parisiens, nous sentons trop à l'abri dans notre grande ville, si loin de nos soldats, presque indifférents. Ce n'est pas bien.

— Sans doute, mademoiselle, mais…

— J'ai décidé d'être marraine de guerre. Dites-moi comment il faut faire.

Célestin la regarda, sidéré, puis se força à sourire.

— Cette idée vous honore, mademoiselle Dubreuil, mais je vous avoue que je connais mal les démarches à effectuer.

La voix bonhomme de Raymond Georges vint les interrompre.

— Achetez donc *La Vie parisienne*, il y a des centaines d'annonces de soldats dans chaque numéro. Vous n'aurez que l'embarras du choix.

Isabelle se retourna vers le jeune inspecteur, qui arborait avec fierté, au-dessus de ses bonnes grosses joues, un œil au beurre noir.

— Je vous remercie, monsieur. Excusez-moi encore de vous avoir dérangés.

Elle sortit, pressée de s'en aller, mal à l'aise, laissant derrière elle des effluves de parfum et les échos de sa voix chantante. Bouboule la suivit des yeux jusqu'à ce qu'elle eût disparu au bout du couloir.

— Dommage qu'il n'y ait pas de marraines pour les flics !

CHAPITRE 8

UNE SOIRÉE AVEC ÉLIANE

Célestin était impatient d'interroger le dénommé Matez, *alias* Legris, mais le gros Raymond était trop fier de son arrestation, il en avait plein la bouche.

— Il faut bien dire que la chance m'a servi. N'empêche que j'avais préparé mon coup : j'ai un indicateur qui travaille à la minoterie de l'Ourcq, il m'a permis de loger notre bonhomme. Mais tu connais les baraquements des forains : retrouver un julot là-dedans, c'est comme chercher une aiguille dans une botte de foin. Seulement, je me suis souvenu du vieux dicton « Suivez la femme ! » J'ai repéré la plus belle, une brune emmitouflée dans un grand châle, avec une dégaine de vedette de cinéma et une façon de bouger le cul, je ne te dis que ça Bref, je la suis en essayant de ne pas trop attirer l'attention...

— Et les deux agents, t'en avais fait quoi ?

— Justement, je les avais laissés près du pont, il n'était pas question que je me balade avec eux... Et tout d'un coup, je vois ma belle gitane qui rentre dans une des cabanes et ressort avec

Matez. Ils étaient en grande discussion, je pense qu'il voulait la mettre aux asperges, mais elle n'était pas d'accord, elle gueulait qu'elle était quand même la mère de son enfant... bon, il a fini par laisser tomber et il est parti le long du canal, direction un petit caboulot. J'ai attendu qu'il y ait personne autour et je me suis pointé devant lui. «Police!», que j'ai crié. Seulement, t'avais raison, c'est un rapide, j'en ai pris un sans avoir le temps de le voir venir!

Disant cela, il passait la main sur sa pommette tuméfiée.

— Mais j'avais mon idée. Il s'est carapaté, je lui ai couru après en jouant du sifflet, il s'est jeté dans les bras des agents, en deux minutes il était serré, menotté, embarqué. C'est pas du boulot, ça?

— Bravo, Bouboule, t'es un chef. Il est où, le lascar?

— Dans le petit bureau, je l'ai attaché au poêle.

Célestin fronça les sourcils, étonné, et pénétra dans une petite pièce attenante dont ils se servaient pour les interrogatoires musclés. Il y faisait une chaleur sèche, étouffante. Matez, avachi sur une chaise, une main attachée à la poignée du poêle par les menottes, était rouge comme une tomate, le visage trempé de sueur. Célestin reconnut son agresseur du parc Monceau.

— Comme on se retrouve...

— Détachez-moi de ce truc-là, nom de Dieu! Je suis en train de cramer!

— Je vais plutôt remettre une bûche, je ne voudrais pas que tu attrapes froid.

Le policier alla prendre un petit morceau de bois et s'approcha du poêle.

— Qu'est-ce que tu voulais en faire, d'Albertine ?

— J'avais le béguin pour elle, c'est un crime ?

— Il y a bien longtemps que tu n'aimes plus grand monde, Zéphyrin, et surtout pas les femmes. Tu les mets sur le trottoir et elles te font bouffer. À part ça, tu n'as ni béguin ni considération.

— Qu'est-ce que vous racontez ?

— Ne nous prends pas que pour des cons, Matez. Mais pour le pain de fesses, tu t'arrangeras avec mon collègue. Moi, je m'occupe seulement du cambriolage qui a eu lieu dans le bureau de Louis Renault.

— Je suis pas au courant.

— Ça, ça m'étonnerait. Albertine ne t'en a pas touché deux mots ?

— Faudrait savoir si je suis un mac ou un voleur !

— Les deux ne sont pas incompatibles.

Célestin prit le crochet et ouvrit le couvercle du poêle. Une flamme rouge dansait dans le fond, il y laissa tomber la bûchette et referma. Matez essaya de s'écarter, mais il était déjà au maximum de la distance que lui permettaient les menottes.

— J'ai soif, donnez-moi au moins un verre d'eau.

— Tout à l'heure, on n'est pas si pressés. Donc le coffre-fort dans le bureau, tu n'en as jamais entendu parler ?

— Bon, c'est vrai que pour le vol, la petite m'a

tout raconté, ça lui a mis les nerfs en pelote. Mais je vous jure que je ne suis pour rien là-dedans.

Célestin considéra son prisonnier, puis recula jusqu'à la fenêtre. Sur la Seine passait une péniche à vide, haute sur l'eau grise. Le bois s'était mis à crépiter dans le poêle, la pièce avait encore gagné en chaleur. Les deux hommes restèrent ainsi un long moment, le policier collé à la vitre, le voyou dégoulinant de sueur. Zéphyrin finit par reprendre :

— Je vais être franc avec vous, inspecteur. Le soir du vol, j'étais passé voir Albertine et, en repartant, j'ai vu quelque chose.

— Quoi ? Qu'est-ce que tu as vu ? s'écria Célestin en se retournant vers Matez.

— C'est donnant donnant : je vous dis ce que je sais, et vous me laissez repartir.

Célestin revit l'œil au beurre noir de Raymond et pensa qu'il n'allait pas se faire un copain, mais Bouboule finirait par comprendre...

— C'est d'accord. Je t'écoute.

— C'est vrai que ça m'arrive de passer la soirée dans la chambre d'Albertine, en haut de l'hôtel particulier, mais elle ne veut pas que je reste dormir, il paraît que je ronfle trop fort. Le fait est que le soir du vol, comme les patrons étaient à l'Opéra, j'étais venu rejoindre la petite et, sur le coup de onze heures, elle m'a bien fait comprendre qu'il était temps que je m'en aille.

— Onze heures ? Tu es sûr ?

— Difficile de se tromper, il y a au moins une demi-douzaine d'horloges dans cette baraque, ça carillonnait de partout. Et au moment où je me faufilais dans la cour, en me faisant tout petit parce qu'il fallait pas que la cuisinière me remarque, j'ai vu un type qui sautait de la fenêtre du bureau. Ce qui m'a frappé, c'est qu'il avait une sacoche en bandoulière, comme un facteur. Seulement, vu l'heure, je me suis douté qu'il était pas venu pour le courrier !

— Le bonhomme, tu peux le décrire ?

— Pas plus que ça, il faisait sombre et il tournait le dos à la lumière qui venait de la maison. Il doit avoir à peu près votre taille, il portait un manteau court, comme une sorte de caban, une casquette...

— Mais son visage ?

— Je l'ai pas vu. Ce que je peux vous dire, c'est qu'il était plutôt agile, et très mince.

— Donc, tu es sûr que c'était un homme ?

— Oui, pour ça, je n'ai pas pu me tromper.

— Et ce n'était pas le majordome, ou le chauffeur ?

— Ah non, eux, je les aurais reconnus.

Célestin resta méditatif pendant quelques secondes. Le témoignage du voyou était essentiel et, pourtant, insuffisant. Il avait au moins le mérite de mettre le personnel hors de cause.

— Tu ne me dis pas ça pour protéger Albertine ?

— Je vous donne ma parole. Et puis, Albertine est assez grande pour se protéger toute seule.

— Ah bon ? Tu ne manques pas de culot, pour un maquereau !

Il sortit de sa poche la clef des menottes et détacha Matez du poêle. L'autre s'écarta immédiatement en se passant la main sur son front ruisselant.

— Alors je suis libre ?

— Attends-moi une seconde.

La discussion avec Raymond fut délicate, mais Célestin obtint la libération de Matez contre la promesse d'un déjeuner. En ces temps de rationnement, Bouboule en salivait déjà. Puis Minier le convoqua dans son bureau pour faire le point.

— En conclusion, vous savez qui n'est pas coupable, mais vous n'avez pas vraiment de piste pour mettre la main sur le voleur ?

— Les milieux diplomatiques, forcément...

— C'est flousaille, ça, Louise, «les milieux diplomatiques» ! Trois personnes possèdent la combinaison de ce coffre, aucune des trois n'est susceptible d'avoir volé les plans du char d'assaut, le personnel est hors de cause, personne n'a plus entendu parler de ces fameux papiers, et vous n'avez qu'une idée : les milieux diplomatiques, c'est-à-dire, en temps de guerre, tout ce qui se fait de mieux dans le genre nid à emmerdements !

— Je vais trouver, patron, j'ai l'impression que j'ai tous les éléments mais qu'il me manque encore juste un petit truc pour les mettre dans le bon ordre.

— Un «petit truc» ? Et où vous allez le chercher, votre «petit truc» ?

Célestin resta silencieux. Le commissaire exagérait à dessein sa mauvaise humeur, mais le jeune policier pouvait sentir que son supérieur lui faisait toujours confiance.

— Allez, au travail, et dès que vous avez mis la main sur votre « petit truc », faites-le-moi savoir !

Célestin n'avait pas menti : il était certain d'avoir la solution toute proche, comme un rêve qui veut s'enfuir au matin et dont, à défaut de revoir les images, on sent encore l'atmosphère, le goût, pour ainsi dire. Mais il ne servait à rien de s'acharner : autant se changer les idées pendant quelques heures. Il donna congé à Mathurin jusqu'au lendemain matin et décida de se rendre à pied jusqu'à la rue Corvisart. La nuit n'était pas encore tombée, c'était une fin d'après-midi glaciale, grise et humide, ce que Paris pouvait produire de plus désespérant. Le quai Saint-Michel, presque désert, prenait un air inquiétant et, sur la gauche, Notre-Dame avait sa façade blafarde et sa silhouette des mauvais jours, les temps de l'Inquisition et du fanatisme. Célestin franchit le pont sous lequel l'eau noire invitait au suicide et se mit à remonter le boulevard vers le Luxembourg. Au coin de la rue des Écoles, un jeune adolescent très maigre aux yeux brillants, vêtu d'un vieux manteau noir trop grand pour lui et dont il avait retourné le bout des manches, cirait les godillots d'un poilu permissionnaire. Le soldat, appuyé sur un long bâton qui lui servait de canne ou de gourdin, sa bouffarde à la bouche, l'observait en souriant. Un autre biffin, lui aussi en uniforme et calot sur la tête, poussait son

165

copain du coude, comme si tout ça n'était qu'une bonne blague.

— Quand est-ce que tu viens nous rejoindre au front ? demanda le bonhomme à la pipe.

L'adolescent releva vers lui son regard illuminé.

— J'aurai dix-huit ans l'année prochaine, monsieur.

— Alors demande l'infanterie, c'est là qu'on rigole ! Va pas te fourrer avec ces tire-au-flanc d'artiflots !

— Je ferai ce qu'on me dira, monsieur, mais je serai heureux de défendre mon pays.

— Brave petit...

Il en avait presque les larmes aux yeux, le poilu, et au moment de payer il doubla le prix. Le jeune cireur glissa avec précaution ses quelques sous dans la poche de son manteau tandis que les deux soldats, croisant Célestin, s'éloignaient sur les quais. Le premier regardait ses grosses chaussures presque luisantes avec un air d'incrédulité.

— Ben tu vois, ça me fait plaisir de les voir comme ça, mes grolles, parce que depuis six mois qu'on fait les marioles dans la boue, je ne savais même plus de quelle couleur elles étaient. Tu veux que je te dise, mon pote : c'est comme une revanche !

Plus haut, Louise croisa un autre permissionnaire accompagnant sa vieille mère. C'était un tout jeune homme, une fine moustache ornait sa lèvre, il marchait bien droit, les yeux perdus dans le vague, le col de son uniforme disparaissant sous un cache-nez de laine tricotée. Sa mère, la tête entièrement couverte d'un châle noir, lui lançait des regards en coin et souriait. Tous deux poussaient tranquillement un petit chariot à roulettes sur lequel ils avaient installé un sac à demi plein de charbon, denrée précieuse entre toutes et pour laquelle on se battait presque. Ils n'échangeaient pas un seul mot, lui encore perdu dans sa guerre, elle le visage creusé par l'inquiétude mais si heureuse de l'avoir là, tout près, bien désireuse de ne pas perdre une seule seconde de ce bonheur si rare. Les roues du chariot grinçaient, les pas du soldat résonnaient sur le trottoir. Ce couple étrange disparut dans la mauvaise lumière de la fin de journée d'hiver, on eût dit deux fantômes. Célestin se sentit soulagé de n'être pas lui aussi en uniforme. Qui pouvait vraiment comprendre ici, dans la grande ville qui faisait la fête pour oublier la guerre et sa misère, les transfuges du front qu'on libérait quelques jours pour mieux leur donner, au bout du compte, l'envie de retourner se faire tuer ? Entre les soldats hagards ou brutaux et les civils crispés sur leurs pauvres combines au jour le jour, il ne pouvait y avoir qu'un perpétuel malentendu. Rue Gay-Lussac, une boutique de salaisons qui paraissait mieux approvisionnée que les autres présentait une pancarte soigneusement calligraphiée. On y lisait, en noir : « TAISEZ-VOUS ! MÉFIEZ-VOUS ! » ; et puis, en dessous, en rouge : « La marchandise ennemie nous dégoûte — MAISON DE CONFIANCE — Grande spécialité de Saucisson d'Arles et de Lorraine » (« Arles » et

« Lorraine » écrits en noir). Ainsi la publicité la plus triviale allait chercher ses arguments dans le patriotisme supposé de la clientèle et dans la hantise des espions qui, d'après certains journaux alarmistes, auraient infiltré tous les secteurs de la vie sociale. Le vol des plans du FT 17 avait-il été organisé, préparé, exécuté par un réseau spécialisé ? Cet homme qui s'était glissé dans le bureau devait savoir que Louis Renault et sa compagne étaient absents ce soir-là, et connaître aussi les habitudes du personnel. Si un journal mondain pouvait avoir renseigné le cambrioleur sur la présence de l'industriel à la soirée de première à l'Opéra, tout le reste relevait de trop de circonstances favorables pour être une coïncidence. Dans la constellation des personnages que Célestin avait rencontrés, il manquait quelqu'un. L'homme à la cicatrice en étoile ? Arrivé tout en bas de l'avenue des Gobelins, le policier sentit la fatigue le rattraper. Il sauta dans un autobus qui remontait vers la place d'Italie. Une jeune contrôleuse lui vendit un billet. Elle portait une robe sombre, un petit foulard blanc soigneusement replié autour du cou et ses cheveux étaient sagement ramassés en chignon, et dissimulés par un calot réglementaire : les transports publics aussi réquisitionnaient les femmes.

Il faisait tout à fait nuit lorsque Célestin arriva chez sa sœur. Une brume jaune, encombrée des effluves des tanneries, glissait sur la Bièvre immobile. On ne voyait pas le ciel, et l'ombre accentuait l'aspect fragile des maisons de bois, dont les piliers semblaient à tout moment pouvoir céder. La seule fenêtre éclairée était celle de Gabrielle. Sous les pilotis, il faisait si sombre que Célestin dut sortir son briquet, le cadeau de Béraud, pour trouver les premières marches de l'escalier. Les pleurs de la petite Sarah le guidèrent jusqu'à la porte. Gabrielle avait pris l'enfant dans ses bras et la berçait pour la calmer. Elle sourit à Célestin.

— Elle ne veut pas que sa mère s'en aille !

— Éliane n'a donc pas oublié que je la sortais ce soir ?

— Pas oublié ? Tu parles, elle ne pense qu'à ça depuis ce matin. Elle est en train de se faire belle.

— C'est superflu, non ?

— Tu lui diras.

Le bébé avait brusquement cessé de pleurer et semblait fasciné par le jeune policier, qui lui fit un petit geste de la main. Gabrielle regarda son frère avec tendresse.

— Qu'est-ce que tu avais derrière la tête quand tu l'as ramenée ici ?

— Je n'ai pas réfléchi, Gaby. Qu'est-ce que tu voulais qu'elle devienne au milieu de la guerre, avec son gros ventre et son petit visage de Jeanne d'Arc ?

— De toute façon, tu as bien fait. Tu as un petit béguin pour elle ?

Célestin, gêné, s'avança vers sa sœur et se pencha sur Sarah.

— C'est pour celle-ci que j'ai le béguin. Regarde-moi ça, comme elle est mimi !

La petite avait déjà séché ses larmes et souriait au jeune homme. Il l'embrassa délicatement sur le front. Il y eut un bruit de tissu au fond de la pièce, il se retourna. Dans l'encadrement de la porte de la chambre, Éliane s'était immobilisée. Elle le regardait en souriant, tandis qu'un peu de rouge lui montait aux joues. Célestin se demanda où elle avait pu trouver cet ensemble ravissant qui lui allait si bien, une jupe plissée lui arrivant juste au-dessous du genou, une veste à col marin au décolleté discret, fermée par une large ceinture, un petit chapeau rond à large visière orné de fleurs. Les teintes qu'elle avait choisies, beige et gris, s'harmonisaient parfaitement, exaltant la douceur de son visage, et la coupe de la veste soulignait sans excès les courbes de son corps. Elle était charmante et, de toute évidence, le savait. Célestin s'approcha d'elle et, très simplement, l'embrassa sur les joues. Elle laissa peut-être un tout petit peu trop longtemps sa main sur le cou du jeune homme. Il lui fit ses compliments, elle se mit à rire : il était plus embarrassé qu'elle !

— Vraiment, cela ne vous ennuie pas de m'emmener dîner ?

— Terriblement, mais j'ai pris l'habitude de me sacrifier.

— Quel ballot ! s'exclama Gabrielle. Allez, filez, tous les deux, profitez un peu avant le couvre-feu !

Éliane embrassa Sarah et remercia Gabrielle.

— De quoi tu la remercies ? plaisanta Célestin. Elle est contente comme tout de s'occuper de ta fille. Tu as vu comment elle nous fiche dehors ?

Éliane enfila un grand manteau noir tout simple avec de gros boutons de Bakélite et suivit Célestin. Longtemps après qu'ils eurent disparu, la petite Sarah gardait encore les yeux fixés sur la porte.

Éliane, tout naturellement, avait pris le bras de Célestin. Ils suivirent le petit chemin qui longeait la rivière. La brume s'était encore épaissie, ils pouvaient se croire seuls au monde. Des éclats de voix les sortirent de leur rêve d'hiver. Deux grosses femmes, sur l'autre berge, se disputaient un drap : elles tiraient chacune de son côté en s'insultant. Le couple s'écarta et, par une petite rue qui passait derrière la Manufacture, se retrouvèrent aux Gobelins. Ils dînèrent dans une vieille brasserie qui vantait la fraîcheur de ses coquillages. Curieusement, ils se parlèrent peu, contents d'être ensemble et de goûter des plats auxquels ils n'étaient pas habitués, un bonheur simple qui, d'un coup, bouleversa Célestin. Était-il donc possible d'être heureux, de cesser de se battre et d'avoir peur, d'oublier la guerre et ses vacarmes, oublier les carnages et les hurlements, les orages d'acier et les murs de terre qui retombaient en engloutissant tout ?

— On voit tout de suite quand vous êtes triste, c'est comme si un nuage vous passait devant le visage, vous devenez tout sombre.

— Excusez-moi, je ne devrais pas. Je suis bien content d'être avec vous.

— Moi aussi. C'est votre enquête qui vous tracasse ?

— À vrai dire, je n'y pensais pas.

— La guerre finira bien un jour, reprit Éliane avec délicatesse.

— Alors qu'elle finisse tout de suite !

Le serveur, qui leur versait un vin blanc parfumé, assez grisant, jeta un regard en coin au policier. Célestin avait parlé un peu trop fort dans cette salle douillette où l'on ne voyait aucun uniforme. Éliane plongea les yeux dans les siens et ils restèrent ainsi, face à face, sans se parler, elle, la fille perdue qui se construisait un destin, et lui, le flic qui ne supportait plus la violence des combats. Au dessert, il insista pour qu'elle prît des profiteroles. Elle se laissa convaincre, heureuse de se faire gâter. Elle ne posa pas d'autres questions sur le travail de Célestin, elle aiguilla au contraire la conversation sur Gabrielle, qui avait encore l'âge de refaire sa vie.

— Quand les hommes reviendront, il y en aura bien un pour elle.

Célestin hocha la tête. Il pensait à Peuch, que sa femme avait abandonné, à Claire de Mérange, qui avait perdu son mari, à son amie Hortense Leroy[1] dont le fils avait lui aussi été tué au front, à toutes ces veuves, à ces mères brisées de chagrin, à ces villages de campagne dont les champs étaient moissonnés par les vieux… Il leur faudrait beaucoup de douceur et de courage, à ces hommes, à

1. Voir *La cote 512*.

ces rescapés, quand ils reviendraient. Il se força à sourire, demanda l'addition, aida Éliane à enfiler son manteau et s'effaça pour la laisser sortir. Ils remontèrent la rue Mouffetard et marchèrent jusqu'au Panthéon, où ils attrapèrent un taxi qui les déposa sur les Grands Boulevards. Les représentants d'une faune hétéroclite s'y croisaient — officiers de différents pays, affairistes étrangers, fils de famille embusqués, artistes, colporteurs, petits escrocs, mendiants et millionnaires. Éliane glissa quelques sous à une miséreuse allaitant son bébé à la vue de tous. À la porte d'un café, une femme qu'on avait refusé de servir invectivait le chef de rang :

— On nous prend nos maris et on refuse de nous servir sans eux ! J'adresserai une réclamation au préfet de police !

— Elle n'a pas tort, murmura Éliane à Célestin.

Soudain, sans lui laisser le temps de répondre, elle lui montra du doigt la vitrine d'un café très chic dans laquelle on voyait un bel homme de haute stature signer des autographes à un petit cercle d'admirateurs.

— Regardez ! C'est Carpentier, le boxeur ! Il en impose, non ?

Célestin s'amusa de cet accès inattendu de futilité. Elle s'en rendit compte et se serra contre lui, un peu gênée. Il eut envie de l'embrasser, elle s'en rendit compte, il se dégagea, presque honteux, craignant de trahir quelque chose. Ils étaient arrivés devant la façade du Magic-Théâtre. On y faisait la queue pour assister à un vaudeville intitulé

Le Retour du poilu, joué par la troupe d'Hubert Montansier, qui en signait la mise en scène. Célestin s'approcha. Il reconnut, surveillant la caisse, le bellâtre pompeux qu'il avait rencontré au front.

— Ça vous dirait d'assister à une pièce de théâtre ? demanda-t-il à Éliane.

— N'allez pas faire de folie. Laissons cela pour une autre fois.

— Mais je les connais.

Elle le regarda, incrédule, quand il s'avança vers Montansier. Le comédien mit un temps à le reconnaître.

— Mais bien sûr, notre jeune poilu, notre passager clandestin ! Vous savez que vous avez fait une forte impression à mon camarade Massion.

— Il ne faut pas qu'il se fasse des idées, votre camarade.

— Mais nous nous faisons tous des idées, heureusement, on ne pourrait pas vivre, sinon ! Cela vous ferait-il plaisir d'assister à notre superbe spectacle ?

— Volontiers. Nous sommes deux et…

— Bravo ! le coupa Montansier en considérant Éliane. Elle est tout à fait charmante.

— Il vous reste des places ?

— Mieux que ça.

Il s'avança jusqu'à la caisse et, d'un geste impérieux, fit reculer les spectateurs qui prenaient leurs places. Avec une voix de stentor, il s'adressa à la caissière, une grosse dame triste au chignon démesuré.

— Jacqueline, ma belle, tu vas donner deux

places gratuites à ce jeune poilu qui nous arrive tout droit du front de Champagne. Il a bien mérité de la patrie, et le Magic-Théâtre ainsi que la compagnie Hubert Montansier sont heureux d'apporter leur modeste obole à l'effort du pays et au moral des troupes. Deux exonérés pour monsieur et sa compagne !

L'annonce fit son petit effet. Les gens se poussaient, se hissaient sur la pointe des pieds pour essayer d'apercevoir le héros. Célestin se dépêcha d'entraîner Éliane vers la salle. Ils avaient deux excellents fauteuils d'orchestre au cinquième rang. La jeune femme n'était jamais entrée dans un théâtre. Elle fut éblouie par les dorures, les lumières, les fresques peintes au plafond qui représentaient une scène de commedia dell'arte, les velours rouges et le grand rideau qu'un souffle (ou étaient-ce les frôlements des acteurs curieux de venir épier la salle par un petit trou invisible ?) agitait à peine. Bientôt, toutes les places furent prises. Le noir se fit doucement, mettant fin au brouhaha des conversations. Éliane serra le bras de Célestin et, se penchant vers lui, lui chuchota :

— Merci...

Il se contenta de lui prendre la main. Les trois coups résonnaient sur la scène. Il repensa à Chloé qui, elle, ne l'avait pas remercié : elle avait seulement tout fait pour le séduire.

L'intrigue de la pièce était très mince, une sorte de calque de celle que la compagnie avait présentée aux soldats du front, en un peu plus subtil cependant : la jeune héroïne qui avait vu son beau fiancé partir à la guerre (scènes larmoyantes du premier acte) se faisait courtiser non pas, cette fois, par un officier allemand, mais par un embusqué français, un fils d'aristocrate ayant acheté son exemption à un médecin véreux, et qui déployait des trésors d'imagination et d'arguments fallacieux pour faire tomber la jeune femme dans ses filets. Mais la belle tenait bon, jusqu'à ce que l'odieux séducteur fabrique un faux message annonçant la mort du poilu. C'était le moment le plus émouvant de la pièce. Après avoir été tentée de se laisser consoler par le fourbe, l'héroïne le repoussait au moment même où le fiancé revenait, couvert de gloire, et confondait le traître. Eulalie Borel, magistrale, ne faisait pas dans la demi-mesure, et passait hystériquement du rire aux larmes, de l'inquiétude à l'espoir, avec une énergie impressionnante. Le méprisable fils de famille était interprété par Fernand Massion, qui se délectait visiblement de l'ambiguïté de son personnage. Et c'était Rifek qui partait au début défendre la France contre l'envahisseur, et revenait à la fin pour prendre sa récompense aux lèvres de sa belle. La mise en scène, simple et efficace, jouait sur les sentiments patriotiques, et la salle chavirait, s'indignait, pleurait ou riait aux bons endroits. Il y eut un moment aussi poignant qu'inattendu. Dans la pièce, Eulalie Borel discutait avec sa mère, qui tentait de la réconforter en

176

l'assurant que son fiancé rentrerait couvert de gloire et de galons.

— Que m'importent les galons, s'écriait la jeune femme, d'une façon tout à fait subversive qui avait échappé à la censure, je préfère que Frédéric reste simple soldat, mais vivant !

Elle avait lancé cela avec une telle conviction que les spectateurs en frissonnèrent. On vit alors se lever au fond de la salle un vieux soldat en uniforme qui répondit du tac au tac :

— Malheureusement, toutes les femmes ne disent pas comme vous, mademoiselle, et il y a de nombreux soldats qui préféreraient se faire tuer plutôt que de connaître la conduite de leur femme !

Cette réplique surprenante déchaîna un tonnerre d'applaudissements, les spectateurs se sentaient soudain plongés dans la guerre, partie prenante des combats, frères d'armes des poilus qui défendaient leur pays. Éliane, déjà émue par le spectacle, était toute retournée.

— C'est beau, Célestin, tous ces gens qui applaudissent, vous ne trouvez pas ?

— Une émotion de pacotille, grogna-t-il, presque furieux. Les voilà tous qui se dédouanent à bon compte et qui vont retrouver leurs petits appartements bien confortables, et vite nous oublier.

— Vous êtes injuste !

— Peut-être. Nous n'aurions pas dû venir voir cette pièce.

L'incident leur gâcha à tous deux le reste du spectacle. Elle avait retiré la main de son bras, mais ne parvenait plus à s'intéresser aux scènes.

Célestin s'en voulait d'avoir été si dur. Il avait envie de sortir, de s'enfuir de cet endroit rempli d'une foule qu'il ne comprenait plus. Il n'osait pas s'avouer qu'il avait envie de retourner dans la tranchée.

CHAPITRE 9

LA CICATRICE EN ÉTOILE

Les comédiens eurent droit à six rappels. Aux deux derniers, Eulalie Borel se présenta seule, c'était d'évidence elle que le public plébiscitait. Célestin applaudit comme les autres, espérant, en manifestant sa satisfaction, regagner le sourire d'Éliane. Mais la jeune femme évitait de le regarder, et lorsqu'il lui glissa qu'il trouvait la comédienne sensationnelle, elle se contenta d'un hochement de tête. Enfin, le rideau retomba pour ne plus se relever, les lumières de la salle se rallumèrent et la foule commença à s'égrener audehors. Alors qu'ils parvenaient à l'une des sorties, Célestin tomba nez à nez avec une jeune femme élégante qui paraissait bouleversée.

— Mademoiselle Dubreuil... vous avez quitté votre piano pour le théâtre ?

— Je viens me renseigner, monsieur Louise, je veux tout savoir sur nos soldats. Je veux devenir la meilleure des marraines de guerre.

Elle semblait singulièrement exaltée, comme si la perspective d'entrer en contact épistolaire avec des combattants, de leur envoyer des colis, faisait d'elle aussi, pour partie, une héroïne. Elle releva le menton, prit une grande inspiration, fit un sourire triste, et disparut, emportée par le flot des spectateurs. Éliane se dérida un peu.

— Vous croyez qu'elle va leur remonter le moral, aux soldats ?

— Sait-on jamais…

Au passage dans le hall, Montansier harponna Célestin.

— Alors, ça vous a plu ? C'est épatant, non ? Et vous avez vu comme la salle réagit ? Bien sûr, ce n'est pas la Comédie-Française, mais c'est du grand théâtre populaire. Vous allez bien venir boire un verre avec la troupe au foyer ? Ils seront contents de vous revoir.

Célestin était réticent, mais quand il vit les grands yeux d'Éliane, que cette invitation enchantait, il suivit le metteur en scène au premier étage. Là, dans un petit salon rouge muni d'un bar et d'un piano droit, quelques tables et chaises avaient été installées, ainsi qu'une confortable banquette. La caissière aux yeux tristes y disposait des coupes et deux bouteilles de champagne dans des seaux à glace. Montansier les laissa là — le reste de la troupe allait arriver. Éliane avait le sentiment de pénétrer dans un monde secret, réservé à quelques heureux privilégiés. Elle retrouva sa bonne humeur. Elle détaillait les affiches d'anciens spectacles accrochées au mur ; il y avait même deux gravures coquines au-dessus du bar, qui la firent rire. Célestin, lui, se sentait mal à l'aise, il préférait la balade en camion au milieu des feuilles de décor à l'élégance confinée de cette pièce qui sentait la poudre de maquillage. La gaieté retrouvée d'Éliane, cependant, lui fit plaisir, et il tâchait de l'accompagner dans ses émerveillements. Charles Rifek fut le premier à entrer. Démaquillé, vêtu d'un large pantalon de toile et d'un gros chandail à boutons, il portait encore sur lui toute la gloire de son personnage. Il salua aimablement Célestin et sa compagne, puis se dirigea vers un petit groupe d'admirateurs qui l'attendaient au bar. Fernand Massion le suivit de près, plus discret mais plus raffiné dans sa mise. Il salua Célestin avec amitié et lui demanda comment il avait trouvé le spectacle. Éliane, enthousiaste, intervint :

— Vous étiez formidable, on vous aurait giflé !

— Voilà un vrai compliment qui me va droit au cœur, mademoiselle... ou madame ?

— Mademoiselle. Éliane est une amie qui vit chez ma sœur.

— Parfait. Vous profitez bien de votre permission ?

— Ce n'est pas exactement une permission. Mais j'en profite : la preuve !

— Je vous offre une coupe de champagne ?

Ils s'assirent tous les trois à une table et Fernand remplit les coupes. Ils trinquèrent au théâtre, et à la victoire. Le foyer s'emplissait peu à peu des familiers de la troupe auxquels se mêlaient quelques spectateurs intimidés, ainsi que des artistes venus des spectacles voisins. On s'apostrophait en riant, on allumait des cigares, on commandait d'autres bouteilles de champagne ou d'improbables liqueurs. Il régnait une ambiance amicale et chaleureuse, un sentiment d'être en famille, d'être entre soi. Comme les soldats d'une unité quand ils se retrouvent en deuxième ligne, pensa Célestin. L'entrée d'Eulalie Borel fut saluée par des vivats, elle dédicaça un programme à ses admirateurs éperdus avant de boire cul sec une coupe de champagne. Ses yeux rencontrèrent quelques secondes ceux de Célestin, elle esquissa un sourire puis disparut à l'autre bout du salon. Un musicien d'une autre troupe s'était mis au piano et s'amusait à improviser sur une romance à la mode. Massion s'excusa auprès de Célestin et de sa compagne, il devait rejoindre quelques amis qui venaient d'arriver. Éliane, étourdie de vin, de rires et de fumée, ne savait plus où regarder. Célestin désirait rentrer, mais cela lui faisait mal au cœur d'arracher la jeune femme à son plaisir. Son attention fut attirée par deux nouveaux venus aux allures de petites gouapes, qu'Eulalie Borel entraîna à l'écart. Malgré leur discrétion, Célestin n'eut aucun mal à comprendre qu'ils venaient la fournir en cocaïne. Elle leur glissa quelques billets, ils s'évanouirent dans l'escalier, croisant Montansier qui leur jeta un regard irrité. Dans le brouhaha, il apostropha Eulalie et lui adressa quelques mots de reproche, elle lui envoya un baiser du bout des doigts. Éliane, à qui la scène avait échappé, s'était néanmoins rendu compte que Célestin commençait à s'ennuyer.

— On rentre ? demanda-t-elle.

— Ça serait peut-être raisonnable. Il n'y a plus

de métros, et je crains que nous ayons du mal à trouver un taxi.

— On peut marcher jusqu'à l'Opéra, après toute cette fumée, ça me fera du bien.

Elle se leva, et Célestin l'aidait à passer son manteau lorsqu'il vit Massion au bar, riant avec afféterie et faisant des mines à son voisin, lequel n'était autre que Claude Gilles, l'habilleur de Jeanne Hatto. Les deux homosexuels, qui, d'évidence, se connaissaient bien, se laissaient aller, gesticulant et mimant les personnages dont ils se moquaient. Un grand type blond et sec les avait rejoints, que le policier n'avait pas vu entrer. Il portait un manteau beige ouvert sur un complet gris du plus grand chic. Son allure retenait l'attention, peut-être tout simplement parce qu'il restait curieusement immobile au milieu de l'ambiance survoltée et de l'excitation des artistes après leur représentation. Éliane et Célestin se dirigeaient déjà vers l'escalier qui menait au hall d'entrée quand le visiteur se tourna suffisamment pour que le jeune policier fût en mesure de distinguer ses traits que réfléchissait le grand miroir du bar. Il portait — tache nette et plus claire que le reste du visage — une cicatrice en forme d'étoile sur la pommette gauche. Célestin s'était immobilisé, indécis : fallait-il l'arrêter, sur la foi du témoignage assez vague du majordome de Louis Renault ? Fallait-il au contraire le suivre discrètement pour tenter d'en savoir plus ? Et surtout, quels pouvaient être ses liens avec Gilles ? Éliane, qui s'était déjà engagée dans l'escalier, se retourna :

— Que faites-vous ?

— Un moment, j'ai reconnu quelqu'un…

L'habilleur se pencha sur l'épaule du nouveau venu et lui murmura quelques mots à l'oreille. Dans le mouvement, il lui caressa la nuque d'un geste tendre qui témoignait d'une véritable intimité. Que le même homme pût tenter de soudoyer Léon Sadalo, le domestique de Renault, et se trouver très proche de Claude Gilles, l'habilleur de sa maîtresse, ne pouvait pas être une coïncidence. Alors la dernière pièce qui manquait au puzzle se mit en place, et le détail que cherchait le policier lui revint à l'esprit : Jeanne Hatto lui confiant qu'elle n'avait aucune mémoire pour les petites choses du quotidien. Cela devait valoir, évidemment, pour la combinaison du coffre. Il s'en voulut de ne pas l'avoir interrogée à ce sujet lors de leur entretien. Cette combinaison, une suite de chiffres, elle avait dû l'inscrire quelque part, sur un bout de papier qui fatalement, un jour ou l'autre, était tombé sous les yeux de son habilleur. Célestin n'avait pas beaucoup de temps devant lui, et personne sous la main. Par chance, il avait pris avec lui son arme de service. Il décida d'opter pour la manière forte : la disposition des lieux interdisait la fuite, en agissant vite et par surprise il avait de bonnes chances de maîtriser l'homme.

— Attendez-moi dans l'entrée du théâtre et, s'il y a un problème, demandez à M. Montansier de vous trouver une voiture.

— Un problème ? Mais…

— Faites comme je vous dis. Je vous en prie.

184

Éliane, impressionnée, comprit qu'elle ne devait pas discuter. Elle dévala les marches de l'escalier et disparut dans le hall. Célestin plongea la main dans sa poche et saisit fermement la crosse de son revolver. Il n'était plus qu'à deux mètres du trio quand son regard rencontra celui de l'inconnu. Celui-ci vit l'arme que Célestin avait sortie et le dévisagea. Au même moment, des sirènes se mirent à hurler de tous les côtés. Leur son parvenait jusqu'au salon, étouffé mais trop facilement reconnaissable : une alerte. Immédiatement, ce fut l'affolement dans la pièce. Le pianiste s'était levé de son tabouret, comme soulevé par un ressort, claquant dans le même élan le couvercle sur le clavier. Les plus rapides bousculaient déjà Célestin et s'engouffraient dans l'escalier. Montansier, qui n'en menait pas large, trouvait pourtant la force de crier :

— Pas de panique ! Pas de panique ! Il y a un abri sous le théâtre, le concierge va vous conduire. Il y a de la place pour tout le monde !

Pour un peu, on eût cru qu'il faisait la retape pour son prochain spectacle. Emmené par le flot des fuyards, Célestin dut lui aussi descendre les marches tant bien que mal, trébuchant et se rattrapant de justesse à la rampe qui tremblait. Il avait dû ranger son arme et tentait de se retourner pour apercevoir Massion, Gilles et l'homme à la cicatrice, mais en vain. Un couple de jeunes premiers qui s'amusaient de la situation et que la perspective des bombes n'effrayait guère se volaient en riant des baisers dans la bousculade. En débouchant dans le hall, le policier vit un vieil homme en blouse grise qui se mit à crier :

— Par ici ! Par ici !

Il avait ouvert une petite porte derrière le comptoir d'accueil et faisait entrer les gens en les mettant en garde contre l'escalier un peu raide. Les sirènes semblaient plus présentes, leur cri faisait tourner la tête. Une main s'agrippa à la manche de Célestin : c'était Éliane.

— Ne me laissez pas !

— Bien sûr que non. Venez, allons nous mettre à l'abri.

Gardant la jeune femme tout contre lui, Célestin s'arrangea pour laisser passer une douzaine de personnes affolées qui disparurent aussitôt dans le sous-sol, jusqu'à ce qu'il aperçût l'habilleur et son étrange interlocuteur en train de se dégager comme ils le pouvaient de la cohue. Massion n'était plus avec eux. Claude Gilles paraissait très contrarié.

— Où m'emmenez-vous ? demanda-t-il.

— À l'Opéra. Il faut y aller tout de suite, répondit l'homme à la cicatrice.

— Mais nous ne sommes pas si pressés, voyons ! Nous n'allons quand même pas risquer d'être réduits en bouillie par une de ces bombes !

— Nous n'avons plus le temps. Croyez-moi.

L'homme à la cicatrice avait saisi Gilles par le bras et ne semblait pas disposé à le lâcher.

— Mais vous me faites mal, voyons !

— Vite !

Des passants à qui on avait signalé l'existence

d'un abri sous le théâtre entraient en courant, ajoutant encore à la panique. Les deux fuyards remontèrent le courant des arrivants et disparurent. Célestin, embarrassé par la présence inquiète d'Éliane, avait hésité quelques secondes de trop. Un agent de ville avait pris la relève du vieux concierge et se dépêchait de faire entrer les derniers réfugiés dans l'abri. Il poussa Célestin dans l'escalier.

— Allez, allez ! Il ne faut pas traîner !

— Saletés de Boches ! hurla quelqu'un.

Célestin poussa Éliane devant lui en sortant sa carte de police.

— Je suis de la maison. Je peux vous confier mademoiselle ? Je dois partir à la poursuite de deux suspects…

— Excusez-moi, inspecteur, mais les ordres sont formels et ne supportent pas d'exception : pendant les alertes, tout citoyen, quel qu'il soit, est tenu de se tenir dans l'abri le plus proche du lieu où il se trouve au moment du déclenchement des sirènes.

— C'est parfait, vous connaissez bien votre texte, mais c'est une affaire d'État, il s'agit de la sécurité du pays, et…

— Et quand vous aurez reçu une bombe sur le coin de la tête, vous serez bien avancé, et la sécurité du pays aussi ! Allez, restez donc avec mademoiselle, et descendez vous mettre à l'abri.

La colère monta d'un coup à la tête du jeune policier. Il devint blanc, ses mâchoires se crispèrent, ses yeux se plissèrent. Il poussa fermement Éliane dans l'escalier.

— Allez-y. Ne m'attendez pas.

Déconcertée par l'attitude de Célestin, Éliane obéit et s'enfonça à son tour dans le sous-sol. Le jeune homme se tourna vers l'agent, qui faisait une bonne tête de plus que lui et qui s'apprêtait à lui répéter son ordre. Avant qu'il ait pu sortir un mot, Célestin lui envoya son poing dans l'estomac, l'autre se plia en deux, l'inspecteur l'étourdit d'un coup de coude à la tempe. L'agent s'écroula au pied du comptoir. Célestin traversa en courant le hall maintenant désert et déboucha à l'air libre. Le large boulevard, tout à l'heure noir de monde, présentait le spectacle de la plus complète désolation. Les vitrines, déjà couvertes de peinture sombre, avaient éteint toutes leurs lumières. Aux tables des cafés, on avait abandonné les consommations et, parfois, les manteaux ou les étoles. Quelques voitures étaient garées n'importe comment. Célestin en avisa une, à cheval sur le trottoir, juste devant le théâtre, et dont le capot était encore chaud. Il la fit démarrer d'un coup de manivelle et sauta au volant. Après un demi-tour, il remonta à toute vitesse le boulevard des Italiens tandis que les sirènes continuaient à hurler, arriva place de l'Opéra, contourna les grandes marches et s'arrêta rue Auber, devant l'entrée des artistes. Une autre automobile y stationnait déjà. Durant toute cette course, il n'avait vu personne, comme s'il avait été le dernier humain sur la terre. Il courut jusqu'à la petite porte grise, fermée par un rideau de fer. Il cogna, cria, secoua les montants de la grille sans obtenir de réponse. Une première explosion déchira la nuit, quelque part vers l'est. Reculant de quelques pas, Célestin leva la tête et crut distinguer une lueur tremblante à une vitre du deuxième étage. Il était en train de jurer comme un charretier quand une petite voix moqueuse le fit se retourner.

— Quand le concierge roupille, y a pas moyen de le réveiller. Ou alors, il faudrait lui balancer un seau d'eau dans la figure !

C'était le petit Firmin, enveloppé dans sa vieille veste. Sous une casquette à visière, et par-dessus un cache-nez mité, ses yeux rieurs observaient Célestin. Il fit tourner son poing devant son nez, en un geste sans équivoque.

— C'est qu'il picole toute la journée, le soir il est complètement cuit.

— Qu'est-ce que tu fabriques là, toi ? Tu devrais être dans un abri, comme tout le monde !

— Et vous, alors ? rétorqua le môme sans se démonter.

— Moi ? Je travaille.

— Eh bien moi, je me balade. J'aime bien voir tomber les bombes, c'est pas tous les jours !

Comme pour lui répondre, le fracas d'une nouvelle série d'explosions leur parvint, plus proches que la première.

— Ça vient vers nous, commenta le gosse. Et si elles tombaient sur l'Opéra ?

— Parle pas de malheur. Comment je peux entrer là-dedans ?

— Tout est fermé, vous aurez du mal. La seule façon, c'est par-devant, mais faudra quand même que vous cassiez un carreau.

— Montre-moi.

Ils rejoignirent la place et se précipitèrent en haut des marches. Firmin désigna les grilles : entre leur sommet et l'arrondi des arcades, il y avait largement la place de se glisser, à condition de se hisser jusque-là. D'un coup d'œil, Célestin évalua la difficulté de l'escalade.

— Fais-moi la courte échelle !

— Hé ! Vous êtes trop lourd !

— Ne t'inquiète pas, je vais m'accrocher aux barreaux, j'ai juste besoin d'un petit élan pour démarrer.

Firmin s'adossa à l'une des grilles qui fermaient l'accès aux portes vitrées du grand hall de l'Opéra et, entremêlant ses doigts, offrit un premier appui à Célestin. Celui-ci se hissa en quelques tractions au sommet de la grille, bascula par-dessus et se laissa retomber de l'autre côté. Firmin le regardait, estomaqué.

— Au fait, qu'est-ce que vous voulez faire là-dedans ?

— Mettre la main sur un type dangereux. Tiens-toi à l'écart, et fais gaffe aux bombes.

Toutes les portes étaient verrouillées. Célestin sortit son revolver et, d'un coup de crosse, brisa un carreau. Il lui sembla qu'il faisait un bruit infernal. Il passa la main à l'intérieur, déverrouilla la porte et ouvrit. Il sursauta en entendant un bruit de chute tout près de lui, il pointa son arme : c'était Firmin qui s'était débrouillé pour le rejoindre.

— Vous voyez, moi aussi, j'y arrive, et tout seul !

— Et qu'est-ce que tu vas faire maintenant, toi qui es si malin ?

— Vous donner un coup de main, sinon vous allez encore vous perdre. Vous voulez aller où ?

— Dans les loges.

— Lesquelles, de loges ? Il y en a partout, des loges, pour les musiciens, pour les danseuses, pour les chanteurs…

— Celle de Jeanne Hatto.

— Vous n'aviez qu'à le dire tout de suite. Le mieux, c'est de passer par la salle.

Le grand escalier s'offrait à eux. Ils le grimpèrent quatre à quatre et débouchèrent à l'orchestre. L'immense salle était plongée dans l'obscurité, il y avait juste une veilleuse qui tremblotait près de la scène, allumant d'incertains reflets au cristal des lustres et rendant plus sombre encore l'intimité des loges, qui apparaissaient comme autant de cavernes sinistres.

— Vous avez un briquet ?

Célestin sortit son briquet de cuivre et l'alluma.

— Donnez-le-moi, je vais vous montrer le chemin, je connais tout par cœur, ici.

Tenant la flamme à bout de bras, l'enfant s'élança dans une des allées latérales, suivi par Célestin qui faillit plusieurs fois se cogner aux bras des fauteuils. Le policier pensait pouvoir prendre pied sur la scène, mais il fallait encore franchir toute la largeur de la fosse d'orchestre. Firmin lui rendit le briquet.

— Attendez-moi.

Sous le regard étonné de Célestin, il se laissa glisser dans la fosse. Il y eut des bruits de fer-raille, puis l'enfant rappela.

— Hé! Par ici!

Les montants d'une échelle apparurent à quelques mètres de Célestin; Firmin sauta dans la salle.

— Aidez-moi, on va la mettre en travers.

Tenant toujours son briquet d'une main, Célestin attrapa de l'autre le premier barreau de l'échelle et la fit basculer vers lui. Firmin l'empoigna par le côté et aida le policier à la placer au-dessus de la fosse d'orchestre. L'échelle faisait juste la bonne longueur, mais elle paraissait fragile.

— J'y vais le premier, lança Firmin.

— Fais attention.

Déjà, l'enfant avait franchi à quatre pattes la moitié de la distance, l'échelle ployait bien un peu sous son poids mais tenait bon. Il prit pied sur la scène immense, océan noir et vaguement luisant qui conservait, malgré l'étrangeté de la situation, son caractère sacré.

— Envoyez-moi votre briquet.

Célestin referma le capot du briquet sur la flamme et, au jugé, l'envoya sur la scène. Il l'en-tendit rebondir, puis plus rien, puis il vit de nou-veau la flamme dans la main du jeune garçon.

— À vous, maintenant!

Le policier s'engagea à son tour sur la mince

passerelle en tâchant de faire le moins de mouve-
ments possible. À mi-chemin, l'échelle s'était
sérieusement incurvée et ne reposait plus à chaque
bout que sur quelques centimètres. Célestin pouvait distinguer au fond de la fosse d'orchestre les
deux gros ronds blancs des gigantesques timbales
et, tout au bout, le miroitement léger du grand
piano de concert. Firmin, qui s'amusait, l'encou-
rageait de la voix :

— Allez, vous y êtes presque, faut pas avoir la
trouille !

— Tais-toi, bonhomme, il vaut mieux ne pas
attirer l'attention.

Célestin atteignit à son tour la scène et, dans le
dernier effort qu'il fit, déséquilibra l'échelle qui
bascula au milieu des pupitres, dans un boucan
terrible.

— Je croyais qu'il fallait pas faire de bruit ! se
moqua le gamin.

Célestin récupéra son briquet.

— Ça va, montre-moi par où on arrive aux
loges.

Ils s'engagèrent dans la profondeur du plateau.
Une fois éteint l'écho de la chute de l'échelle, un
silence épais les enveloppa, que l'immensité du
lieu rendait presque palpable. Célestin se rappela
une seconde la légèreté des danseuses, lors de la
répétition qu'il avait surprise, et fut gêné de fouler
avec ses chaussures de ville le lieu où elles avaient
l'habitude d'évoluer. Suivant son jeune guide, il
arrivait au niveau des cintres de fond de scène

quand tout un pan de mur parut s'écrouler devant eux.

— Attention ! hurla Célestin.

Il eut tout juste le temps de se jeter en arrière : un gigantesque rideau leur tombait dessus, la tringle qui le tenait à quinze mètres de hauteur ayant été brutalement détachée. Firmin poussa un cri étouffé avant d'être recouvert par l'avalanche de tissu noir. Célestin cala son briquet contre une gueuse qui lestait un des pendillons et commença à se battre avec les mètres d'étoffe, comme un marin pris dans la tempête se hâtant de ranger sa grand-voile.

— Firmin ! Réponds-moi, nom de Dieu !

Un vertige l'avait repris ; perdu dans la nuit de cette salle immense, il se voyait de nouveau sous le fracas des bombes, dans les abris fragiles que chaque obus faisait craquer, serré contre ses compagnons tout aussi résignés que lui et tous, comme lui, habités par la hantise d'être enterrés vivants. Le gosse, tout à coup, se mit à hurler.

— J'ai mal ! Ma jambe ! Je peux plus la bouger !

Encore quelques brassées de tissu et Célestin découvrit le visage blême de Firmin, dont la tringle avait coincé la jambe gauche, la brisant sur le coup.

— Bouge pas, je vais te sortir de là.

— Ça fait mal, merde de merde !

Comme il se penchait vers l'enfant, Célestin entendit une cavalcade dans les cintres, tout en haut, et crut voir une ombre au bout d'une des passerelles de bois. En soulevant la longue perche

194

de fer par un bout, il parvint à dégager la jambe de Firmin.

— Je ne peux pas te laisser comme ça dans le noir. Il n'y a pas moyen de mettre de la lumière ?

— Le tableau, dans le coin, là-bas, indiqua l'enfant dans un souffle.

Le policier courut jusqu'à un grand panneau de bois planté d'interrupteurs. Il les actionna tous au hasard, comme ils venaient, illuminant soudain la scène de faisceaux multicolores. Une poignée rouge sur laquelle était écrit « SONNERIE » attira son attention. Il la tourna et le carillon de début de spectacle se fit entendre à travers tout le bâtiment.

— Avec ça, si le concierge ne se réveille pas, c'est bien le diable ! Par où je monte aux loges ?

— La petite porte grise… Vous montez l'escalier, au troisième étage, le couloir juste devant vous… La loge de Mme Hatto, deuxième porte à gauche…

— Firmin ! Hé, Firmin !

Le gamin avait tourné de l'œil. Une porte à battants s'ouvrit à l'autre bout de la salle.

— Qu'est-ce que c'est que ce bordel ?!

C'était la voix du concierge.

— Police ! hurla Célestin. Il y a le petit Firmin qui est blessé, ici. Appelez du secours, vite !

— Ah ben ça… marmonna le gardien, ahuri.

— Vite, je vous dis ! Et surtout ne montez pas dans les étages, il y a un type dangereux qui se promène là-haut !

— Ah ben ça… répéta le concierge.

Célestin poussa la petite porte grise et actionna

un interrupteur : un escalier de bois qu'il ne connaissait pas partait juste devant lui. Il s'élança, gravit quatre à quatre les volées de marches, s'accrochant à la rampe pour négocier les virages. À chaque étage, un couloir sombre partait devant lui, menaçant. La sonnerie, probablement grâce au concierge, s'interrompit. Dans le silence revenu, Célestin s'immobilisa entre deux paliers, essoufflé, le cœur battant à tout rompre. Il sortit son arme et vérifia qu'elle était prête à tirer. Il reprenait son ascension lorsqu'un coup de feu retentit, tout près, assourdissant, suivi peu après d'une odeur de poudre. Une balle avait sifflé aux oreilles du jeune policier, qui répliqua au jugé, en tirant au-dessus de lui. Il y eut une cavalcade et le grincement d'une porte qu'on poussait. Célestin, courbé, collé au mur, parvint enfin au troisième étage. Une porte à battants remuait encore. Toujours plaqué contre la cloison, le policier courut jusqu'à la porte dont il poussa du pied l'un des battants. Il découvrit un long couloir, au bout duquel une ombre s'enfuyait. Il tira d'instinct. Trop tard, le fuyard avait disparu. Il se lançait à sa poursuite lorsqu'une main ensanglantée apparut juste à ses pieds, sortant de la loge de Jeanne Hatto. C'était Claude Gilles, blafard, qui tentait d'articuler quelques mots. Louise se pencha sur lui et l'aida à s'asseoir contre le mur. Une tache de sang s'élargissait sur le tissu précieux de son gilet. Célestin avait vu trop de blessés tomber devant lui pendant les assauts pour avoir le moindre doute : l'habilleur était fichu, la mort était déjà sur lui, son regard vitreux ne voyait même plus le visage du policier accroupi devant lui. Il râla et parvint à articuler :

— Il m'a tué… Il m'a tué… Je l'aimais, et il m'a tué…

— Qui est-ce ?

— Winfried… Winfried Stultz…

— Un Allemand ?

Gilles fit non de la tête et agrippa le bras de Célestin.

— Il m'a menti… toujours… Il s'est servi de moi…

D'un seul coup, toute l'histoire s'éclaira, une histoire d'amour entre deux hommes, une histoire de trahison et de manipulation, de séduction et d'espionnage. Une lampe en pâte de verre éclairait chichement la loge. Célestin crut voir au revers du gilet entrouvert et couvert de sang une rangée de petites têtes orange, des têtes d'épingle identiques à celle qu'il avait trouvée près du coffre, chez Louis Renault.

— C'est vous qui avez dérobé les plans, n'est-ce pas ?

— Il les voulait… Il m'a fait promettre… Je lui ai obéi… Je lui ai toujours obéi…

— Et c'est lui qui les a, maintenant ?

— Bien sûr. Il obtient toujours ce qu'il veut, les choses et les hommes… Je le savais, mais je l'aimais…

— Est-ce que j'ai une chance de le retrouver ?

— Suisse… L'ambassade de Suisse, rue Galilée…

La poigne sur le bras de Célestin se desserra, un voile de tristesse assombrit le visage de l'habilleur, qui eut encore la force de murmurer :

— Quelle drôle de vie...

Puis il s'affaissa. Il était mort. Célestin lui ferma les yeux et l'allongea le long d'un portant encombré des costumes de scène de Jeanne Hatto.

CHAPITRE 10

L'ESPION

Célestin Louise courut jusqu'au bout du couloir, où un autre escalier, plus large, redescendait vers l'arrière du bâtiment. Il perçut au loin les échos d'une altercation, les bruits d'une bousculade, un claquement de porte. Lorsqu'il arriva devant la loge du concierge, le gardien, à moitié assommé, se tenait la tête à deux mains.

— Ça va?

— Le saligaud! Il m'a donné un coup de crosse sur la tête, je crois bien que je saigne, regardez…

Du sang lui coulait sur le front, mais la blessure était superficielle.

— Prévenez la police, demandez le commissaire Minier et dites-lui que je suis devant l'ambassade de Suisse, rue Galilée.

Dehors, un vent glacial s'était levé. L'alerte durait toujours, la rue Auber était déserte. Célestin eut tout juste le temps de voir la voiture de Stultz disparaître au coin, tous feux éteints, en direction du Louvre. L'espion avait pris de l'avance. Célestin poussa son moteur à fond et avait regagné quelques dizaines de mètres lorsque les deux voitures s'engagèrent dans la rue de Rivoli. Là encore, l'impression d'abandon brutal laissée par les automobiles mal garées et les quelques effets personnels perdus dans la précipitation donnait au décor un aspect irréel. À gauche, les grilles des Tuileries défilaient, à peine visibles dans la nuit ; à droite, les arcades ouvraient leurs bouches d'ombre au ras de la chaussée. Soudain, tandis que Stultz obliquait vers l'obélisque de la Concorde, il y eut trois coups de feu. Célestin eut le temps de voir les flammes courtes s'échappant du revolver avant d'entendre une balle siffler à ses oreilles pour aller se ficher dans le dossier de son siège, tandis que deux autres impacts venaient étoiler le pare-brise.

— Fumier !

Il sortit à son tour son arme et tira au jugé en s'engageant sur la place, sans résultat. Il avait de nouveau perdu de la distance sur le fugitif, qui traversait la Concorde en diagonale et s'engageait sur le quai rive droite. Ils dépassèrent le Grand et le Petit Palais, dont un infime reflet de lune permettait de deviner les dômes, puis remontèrent par la place d'Iéna et s'enfoncèrent dans le seizième arrondissement. On eut dit deux gros insectes noirs, malhabiles et pétaradant, se donnant la chasse dans une lutte à mort à travers un dédale de fin du monde. Lorsque Célestin s'engagea dans la rue Galilée, l'espion avait déjà garé sa voiture et sonné à la permanence de l'ambassade. On lui ouvrit presque immédiatement. Il s'engouffra à l'intérieur et la lourde porte se referma au nez de Louise. Il n'y avait aucun moyen de pénétrer dans l'ambassade de Suisse, territoire neutre et inviolable. On pouvait en revanche empêcher quiconque d'en sortir. Le hasard servit Célestin : deux agents casqués couraient vers sa voiture. Comme le premier, ils lui ordonnèrent sans ménagement de gagner l'abri le plus proche. Cette fois, le jeune policier réussit à les convaincre qu'il était plus important de rester sur la piste des documents confidentiels volés par un espion étranger. Il leur demanda de rester en faction devant le bâtiment officiel au fronton duquel pendait le drapeau rouge à croix blanche de la Confédération helvétique, et d'arrêter quiconque en sortait, fût-il diplomate : les circonstances l'exigeaient. Abandonnant les deux pandores dans une situation qu'ils maîtrisaient mal mais dont ils tiraient une certaine fierté, il remonta en voiture et fonça vers le dix-septième. Une seule personne, en l'occurrence, pouvait l'aider efficacement et comprendre sur-le-champ l'urgence des décisions à prendre : Louis Renault. Encore fallait-il qu'il fût chez lui…

Comme Célestin arrivait en vue du parc Monceau, les sirènes de fin d'alerte retentirent. Durant le court trajet, Louise avait élaboré son plan, un plan risqué que ses supérieurs allaient détester, mais qui laissait une petite chance de récupérer les plans volés. En quelques minutes, les rues se remplirent d'une foule encore endormie, ou énervée d'avoir été brutalement tirée du sommeil, habillée à la va-vite d'épais vêtements d'hiver jetés sur les chemises de nuit, les pieds traînant de lourdes chaussures mal lacées ou même des pantoufles. Les gens rentraient chez eux, soulagés d'avoir été épargnés cette fois encore par les bombes des «Taube», et s'interrogeant sur les dégâts qu'avait subis Paris. Dans la rue Puvis-de-Chavannes, toutefois, rien ne bougeait. Les portes de la cour de l'hôtel particulier étaient fermées. Sans doute Louis Renault et son personnel se réfugiaient-ils dans les caves de la grande demeure. Célestin sonnait et s'apprêtait à donner des coups de pied dans la petite porte quand il entendit un moteur se mettre en route. Le portail s'ouvrit : c'était Renault en personne. Il poussa les deux battants avec une énergie fébrile. Sa limousine, garée dans la cour, était prête à partir.

— Monsieur Renault...

— Laissez-moi, je n'ai pas le temps. Il faut que je file à l'usine voir s'il y a du dégât, et aider mes contremaîtres à faire redémarrer le travail.

— Les bombes sont tombées sur l'est de Paris, vos usines n'ont rien. Ils se passeront de votre aide pour cette nuit : j'ai trop besoin de vous ici.

— Besoin de moi ? En pleine nuit ?

— Je sais où sont les plans du FT 17, monsieur Renault. Mais si nous voulons remettre la main dessus, il faut aller très vite, et nous assurer le concours de certaines personnes influentes. C'est pour ça que je compte sur vous.

Renault regarda le jeune policier, laissa passer deux secondes puis remonta vers la demeure.

— Suivez-moi.

Il coupa au passage le moteur de la limousine, avant d'entraîner Célestin dans son bureau. Le policier remarqua le coffre-fort entrouvert. L'industriel avait surpris son coup d'œil.

— Depuis le vol, je n'y mets plus rien, je me méfie. Alors, autant le laisser ouvert !

Il fit asseoir Célestin et s'installa derrière son grand bureau encombré de papiers, de dossiers, d'esquisses de mécaniques diverses.

— Je vous écoute.

En quelques mots, le jeune policier lui relata son enquête, la mise hors de cause de son personnel, l'apparition de l'homme à la cicatrice en étoile et la course-poursuite jusqu'à l'ambassade.

— Winfried Stultz... Cela ne me dit absolument rien. Et c'est Claude Gilles qui a fait le coup ? C'est incroyable !

— Il était le mieux placé pour savoir que vous étiez dans la salle ce soir-là, un soir de première, tandis que Mme Hatto chantait sur scène. Votre compagne se confiait à lui volontiers, il s'est arrangé pour savoir que les domestiques n'étaient pas de service. Il connaissait exactement le temps dont il disposait pour faire son coup, un temps incompressible, celui de la représentation entre deux entractes. Je pense qu'il était déjà venu ici ?

— Plus d'une fois — il fabriquait lui-même certains des costumes et procédait à la plupart des essayages, dans la chambre de Jeanne. Elle va être bouleversée lorsqu'elle va apprendre la vérité, et surtout la mort de Gilles.

— Nous pourrions essayer d'atténuer le rôle de son habilleur, de prétendre que Stultz le faisait chanter…

— Elle le connaissait trop bien, monsieur Louise, mais n'importe… Si mes plans sont désormais à l'intérieur d'une ambassade étrangère, neutre de surcroît, je vois mal comment nous pouvons les en faire sortir. À moins de déclencher un incident diplomatique, et ce n'est pas le moment !

— Nous ne pouvons plus agir de façon officielle, et c'est pour ça que j'ai besoin de votre aide.

Renault le regarda, surpris, presque indigné.

— Vous me prêtez sans doute des pouvoirs qui ne sont pas les miens…

— Je vais être direct, monsieur Renault. Mon métier m'a mis en contact avec un des cambrioleurs les plus astucieux de Paris, un de ces types à qui aucun coffre ne résiste, et qui semble passer à travers les murs.

Il regarda sa montre.

— Il est une heure du matin. Les plans ne quitteront pas l'ambassade, d'une manière ou d'une autre, avant l'aube. J'ai mis deux agents en surveillance devant le bâtiment. Je me propose de recruter ce monte-en-l'air et de lui demander d'aller récupérer les plans, d'une façon tout à fait officieuse, à l'intérieur de l'ambassade.

Cette fois, l'industriel eut une moue réprobatrice.

— Vous êtes fou ! Et je ne veux rien avoir à faire avec ce type d'opération.

— Vous n'êtes pas censé être au courant, mon-

204

sieur. J'ai seulement besoin de vous pour téléphoner au colonel Estienne et lui demander de me confier un déserteur nommé Octave Chapoutel. Vous n'aurez qu'à lui dire que c'est pour les besoins de mon enquête et que c'est urgent. Le reste, je m'en charge.

— Vous n'imaginez pas, jeune homme, que je vais réveiller le colonel Estienne au beau milieu de la nuit ?

— Il n'est pas si tard, et c'est notre dernière chance. Demain matin, malgré ma surveillance, Stultz trouvera un moyen ou un autre de faire sortir les plans du pays, et vous pourrez dire adieu à votre invention. Et nous continuerons à nous faire massacrer au cours d'inutiles assauts.

Touché par les dernières paroles du policier, Louis Renault se passa nerveusement la main sur la moustache.

— Et si votre déserteur-cambrioleur parvient miraculeusement à récupérer les plans, que se passera-t-il ?

— Rien du tout. Je vois mal l'ambassadeur de Suisse admettre qu'un de ses employés travaille comme espion au service de l'Allemagne. Les plans ont été volés chez vous, ils disparaîtront de la même façon de l'ambassade, et personne ne viendra se plaindre. Qui aurait intérêt à le faire ?

Renault décrocha son téléphone et demanda un numéro. En attendant la communication, il regardait Célestin d'un air dubitatif, avec cependant une lueur d'amusement dans l'œil.

— J'espère au moins que vous ne vous êtes pas trompé.

— Il y a trois impacts de balle sur la voiture que je conduisais : c'est une manière de certitude.

Une voix résonna dans l'écouteur.

— Mon colonel, c'est Louis Renault. Pardon de vous déranger à cette heure impossible, mais je suis avec l'inspecteur Louise, le jeune enquêteur qui s'occupe de la disparition des plans du FT 17... Oui, lui-même... L'enquête ? Oui, elle avance tellement bien qu'il a localisé les plans... Tenez-vous bien : ils sont à l'heure qu'il est dans l'ambassade de Suisse, rue Galilée... Nous en sommes bien conscients, mon colonel, mais il veut utiliser une méthode, disons... moins conventionnelle... Écoutez, le mieux, c'est que je vous le passe.

Il fit signe à Célestin, qui s'approcha et prit le téléphone.

— Inspecteur Louise à l'appareil. Bonsoir, mon colonel...

En quelques phrases rapides et précises, le jeune policier exposa son plan. Il s'agissait de libérer Chapoutel et de lui demander en échange un service tout à fait dans ses compétences : s'introduire dans l'ambassade de Suisse et remettre la main sur les documents. Ou, à défaut, les détruire.

— M. Renault en a conservé les brouillons, il lui sera facile de les reconstituer.

L'industriel acquiesça. Mais, à l'autre bout du fil, Estienne hésitait. Célestin insista, assurant qu'il endossait l'entière responsabilité de cette décision.

— Vous en avez parlé à votre supérieur ?

— Bien sûr : le commissaire Minier m'appuie totalement.

En avançant ce mensonge, Louise pensa une seconde à l'ahurissement de Minier quand il lui raconterait toute l'affaire. Mais le réveiller maintenant n'aurait servi qu'à compliquer les choses et à prendre du retard.

— Dans ce cas, inspecteur, je m'occupe de faire libérer votre… auxiliaire, le soldat Chapoutel Octave, c'est bien ça ? Il sera à votre disposition au fort d'Ivry dans une demi-heure. Ça vous va ?

— C'est parfait. Merci, mon colonel.

Célestin raccrocha. Renault ne le quittait pas des yeux.

— Autre chose pour votre service ?

— Pas pour l'instant, non, mais je peux avoir besoin de vous à tout moment, et je préférerais que vous restiez ici, près du téléphone, jusqu'à ce que je vous aie remis les plans en main propre.

— Vous ne manquez pas de culot, inspecteur Louise, vous ne manquez pas de talent non plus. Votre plan est complètement insensé, mais il a peut-être, effectivement, une chance de réussir.

Il se leva pour serrer la main du jeune policier et lui souhaiter bon courage.

— Au fait, pensez-vous que Jeanne puisse être inquiétée d'une manière ou d'une autre ?

— Que nous retrouvions ou non les documents volés, monsieur Renault, personne n'aura intérêt à ébruiter cette affaire. En outre, je ne vois pas ce qu'on peut reprocher à Mme Hatto.

— Bien. Je vous raccompagne.

Il se leva, et les deux hommes regagnèrent la cour d'entrée.

— Au fait, vous avez quoi, comme auto, à votre disposition ?

— J'ai pris la première que j'ai trouvée dans la rue, une Panhard-Levassor, je crois.

— Pas question que vous repartiez là-dedans…

Louis Renault s'approcha d'une bâche posée sur un engin qu'on ne pouvait pas voir et la retira, laissant apparaître la voiture de course que Célestin avait découverte dans le hangar secret, non loin de l'usine de Billancourt.

— Avec celle-ci, vous irez plus vite.

— C'est l'engin de course que votre chauffeur met au point ?

— En effet. Il m'a dit que vous l'aviez surpris. C'est ma passion, je ne laisserai pas la guerre m'en priver : je pense que j'en fais suffisamment pour le pays.

Deux minutes plus tard, Célestin repartait au volant du tout dernier modèle de course Renault, une voiture surpuissante qu'il mit quelques minutes à maîtriser, qui faisait un bruit d'enfer mais qui le conduisit en quelques minutes seulement aux portes de Paris.

Au fort d'Ivry, les ordres du colonel Estienne avaient été transmis, et la Guimauve attendait dans une sorte de parloir glacial, assis sur un banc de bois entre deux soldats ensommeillés. Il portait toujours les menottes. Il leva la tête en voyant entrer Célestin.

— Alors, on peut plus dormir tranquille?

— J'ai besoin de toi, Chapoutel, et tu n'es pas en position de dire non.

— Vous avez encore un cadavre à retrouver[1]?

— Le cadavre, ce sera bientôt toi, si tu continues à faire le mariole.

Il s'adressa aux gardiens.

— J'emmène le prisonnier. Enlevez-lui les menottes.

La Guimauve se leva, on le délivra, et Célestin se dépêcha de le faire sortir. Dehors, sous les hauts murs d'enceinte, tournait une patrouille. On laissa passer la voiture sans difficulté.

— Sacrée machine que vous avez là, remarqua Octave.

Après les terrains vagues de la zone, ils remontèrent l'avenue d'Italie jusqu'à la rue de Tolbiac, puis foncèrent vers la Seine. Chemin faisant, Célestin exposait au cambrioleur son marché : lui épargner le peloton d'exécution et peut-être le faire libérer. En échange, il lui faudrait «visiter» l'ambassade de Suisse.

— Une ambassade? Vous êtes maboul! C'est mieux gardé qu'une banque, ces maisons-là! Et puis, un coup, ça se prépare, je vais flairer les lieux, je repère, je me fais ma petite tambouille, quoi!

— Ça fait plusieurs années qu'on te piste, Chapoutel, je sais parfaitement de quoi tu es capable. Sinon, crois-moi, je ne serais pas venu te chercher dans le pétrin où tu t'es fourré. Il y a urgence, et tu

---

1. Voir *La cote 512.*

es l'homme de la situation. Et tu aurais tort de discuter.

Octave demeura silencieux. Il avait râlé pour le principe — ce n'était pas dans ses habitudes de se faire sortir de taule par un flic.

Mais il avait fort bien compris qu'il jouait cette nuit-là sa dernière carte, sa dernière chance d'échapper à la condamnation à mort.

D'autant qu'à l'approche de Noël les ordres se faisaient plus stricts, et les mesures de répression plus sévères : avec le casier qu'il traînait, il y avait gros à parier qu'il servirait d'exemple. Ils traversaient les quartiers pauvres du quinzième, petites maisons d'ouvriers et d'immigrés italiens qui tiraient le diable par la queue.

— Expliquez-moi donc de quoi il retourne.

Célestin lui résuma les faits et lui présenta la situation : les plans quelque part dans l'ambassade sous la garde d'un espion particulièrement dangereux, l'importance vitale de les récupérer le plus vite possible, et les deux agents qu'il avait laissés en faction devant le bâtiment.

— Vous voulez dire que je vais jouer les monte-en-l'air sous les yeux de la maréchaussée ?

— Je leur demanderai de regarder ailleurs, s'il n'y a que ça qui te turlupine.

— Vous n'avez rien à boire ?

— Pas sur moi. Regarde dans la voiture, on ne sait jamais.

Une flasque de whisky traînait à l'arrière, la Guimauve en siffla une bonne rasade.

— Tu bois avant de faire tes coups, toi ?

— Toujours. Comme avant de monter à l'assaut, à ce qu'on m'a dit.

Célestin se rappela qu'au front Chapoutel avait été affecté aux territoriaux, ceux qui ne combattaient pas directement mais prenaient tout autant de risques en remettant en état les tranchées et les voies d'accès. La Guimauve se mit à ouvrir et refermer les mains puis à faire craquer ses doigts. Bougeant ensuite son cou, ses épaules et son dos, il prépara son grand corps longiligne à l'effort qu'il allait faire. Célestin traversa la Seine au pont Mirabeau, remonta jusqu'au Trocadéro puis coupa par Iéna pour arriver rue Galilée. Il stoppa la voiture avenue Kléber et, suivi par Chapoutel, arriva devant l'ambassade. Les deux agents, qui s'étaient dissimulés dans l'ombre d'une porte cochère, se montrèrent.

— Rien à signaler, inspecteur. Personne n'est entré, personne n'est sorti.

L'immeuble, austère, semblait inhabité. Le vent était tombé, et le drapeau national helvétique pendait tristement devant la façade. La Guimauve s'était immobilisé et regardait fixement le bâtiment, comme s'il cherchait, mentalement, à le photographier.

— Au deuxième étage, murmura-t-il.

— Qu'est-ce qu'il y a, au deuxième étage ?

— Un volet mal fermé. Je vais rentrer par là.

Célestin, étonné, ouvrit grand les yeux sans rien distinguer. Les deux agents échangèrent un regard stupéfait ; le jeune policier les mit rapidement dans la confidence : ils allaient rester ostensiblement en faction pendant que lui ferait mine de repartir avec Octave. Puis celui-ci reviendrait discrètement et entreprendrait son ascension.

— Avez-vous un objet métallique assez lourd et pas trop encombrant ? demanda la Guimauve.

— J'ai mon revolver.

— Non, jamais d'arme : je suis un cambrioleur, pas un voyou !

Un des agents, surmontant son étonnement, sortit une grosse clef et la tendit à Octave.

— Ça fera l'affaire.

Il s'éloigna avec Célestin. Quelques minutes plus tard, les deux gardiens de la paix assistèrent au spectacle inattendu d'un cambriolage nocturne, en principe passible des assises, en l'occurrence commandité par la police. Ils faillirent, du reste, manquer le début de l'escalade tant la Guimauve savait se faire discret. Ils eurent tout juste l'impression d'apercevoir une ombre se glisser sur le rebord d'une ouverture du rez-de-chaussée, et déjà le monte-en-l'air s'accrochait au balcon du premier, sur lequel il prenait appui pour se hisser à l'étage supérieur. Là, s'aidant de la barre de la fenêtre, il respira quelques secondes avant de s'attaquer au volet qu'il avait repéré d'en bas. C'est tout juste s'il y eut un grincement. Le panneau de bois pivota, découvrant les vitres d'une pièce plongée dans l'obscurité. Un petit coup sec au bord d'un des carreaux, qui se brisa net, et Chapoutel réussit à passer la main à l'intérieur et à ouvrir la fenêtre. Trois secondes après, il avait disparu dans le bâtiment. Les deux agents se regardèrent, impressionnés.

— Fortiche, le gaillard !

— C'est qu'il doit avoir du métier, celui-là !

D'où il était, au bout de la rue, Célestin ne pouvait rien voir. Inquiet, prêt à intervenir, il sautillait sur place pour se réchauffer. C'était l'heure la plus froide de la nuit. Après l'alerte, Paris s'était rendormi. Soudain, les phares d'une voiture qui venait de l'Étoile se rapprochèrent. Célestin la suivit des yeux et la vit s'arrêter devant lui. La silhouette massive de Minier s'extirpa du véhicule. Le commissaire était fou furieux.

— Bon Dieu, Louise, est-ce que vous vous rendez compte de ce que vous êtes en train de fabriquer ?

Le jeune inspecteur tenta de s'expliquer, mais il dut subir la colère du commissaire, que ce réveil brutal au milieu de la nuit rendait de plus méchante humeur encore.

— Vous avez assommé un agent de police pendant une alerte, vous avez fait libérer sans m'en avertir un dangereux cambrioleur, déserteur de surcroît, et vous dirigez le cambriolage d'une ambassade… Qu'est-ce qui vous prend ?

Célestin jugea inutile de lui parler de la voiture qu'il avait volée près du théâtre, et que son propriétaire retrouverait criblée de balles.

— Nous avons peut-être une chance de récupérer les plans de Renault, commissaire. J'ai cru bien faire…

— Vous avez cru !… Je me demande si j'ai eu raison de vous confier cette affaire : le remède a l'air pire que le mal ! Et je ne parle même pas de ce proxénète que l'inspecteur Georges a été obligé de laisser partir pour vous faire plaisir !

Le commissaire déversa sa bile pendant quelques minutes puis, se calmant d'un coup, demanda à Célestin où il en était.

— Je pense que Chapoutel a réussi à pénétrer dans le bâtiment. Maintenant, il faut qu'il retrouve les plans. Je lui fais confiance. Il m'a déjà aidé, dans mon enquête sur la mort du lieutenant de Mérange[1].

— Vous lui faites confiance ! Bon sang, j'aurai tout entendu, dans ma carrière !

Au même moment, par l'interstice d'une porte entrouverte, la Guimauve épiait une conversation en allemand entre deux hommes debout au milieu d'un vaste corridor. Celui qu'il voyait de dos avait les cheveux gris, assez longs, et portait un peignoir de soie. L'autre n'était autre que Stultz, l'homme à la cicatrice. Le premier était en train de replier des documents qu'il rangea dans une grande enveloppe cartonnée. Des rudiments d'allemand qu'il avait appris sur le front, Octave comprit que le vieux était satisfait. Il rendit l'enveloppe à Stultz, qui regarda sa montre et annonça quelque chose tout en désignant le plafond au-dessus de lui. L'autre acquiesça et lui mit la main sur l'épaule en un geste d'encouragement, puis disparut par un large escalier qui descendait vers le premier étage. Resté seul, Stultz hésita un moment, serra l'enve-

1. Voir *La cote 512*.

214

loppe contre lui puis entra dans une pièce à sa gauche, un bureau contigu à celui dans lequel la Guimauve s'était dissimulé. Celui-ci attendit quelques instants puis, n'entendant plus aucun bruit, se décida à sortir dans le couloir. Rasant le mur, veillant à ne pas faire craquer le plancher ciré, il se glissa jusqu'à la porte de la pièce voisine. Stultz n'avait pas refermé derrière lui. Chapoutel, avec d'infinies précautions, avança la tête pour regarder à l'intérieur du bureau. L'espion lui tournait le dos, il s'était avancé jusqu'à la fenêtre et, le visage contre la vitre, observait la rue à travers les interstices des volets. Il avait posé l'enveloppe sur un large bureau, qu'éclairait une lampe en cuivre dont l'abat-jour vert pâle laissait filtrer dans la pièce une lumière douce. On pouvait tout juste distinguer au mur, entre deux bibliothèques, le portrait d'un général du siècle précédent, en grand habit de cérémonie. « Si seulement mon loustic avait la bonne idée d'aller faire un tour... » se dit la Guimauve. Mais au contraire Stultz se retourna, prit un paquet de cigarettes sur une étagère, en alluma une et se mit à fumer, le regard dans le vague. Posant sa cigarette dans un grand cendrier d'onyx, il vérifia son revolver, le rechargea et le remit dans sa poche. Octave n'avait pas fait un mouvement, osant à peine respirer. L'autre écrasa sa cigarette et retourna à la fenêtre. Cette fois, son observation le décida. Il s'étira, s'ébroua, récupéra l'enveloppe et quitta le bureau. La Guimauve eut tout juste le temps de se dissimuler dans l'encoignure de la porte d'à côté. Il vit l'espion s'engager rapidement dans un escalier plus petit qui montait au troisième étage et donnait sur un autre couloir au sol rouge sang, plus étroit, à peine éclairé par une veilleuse. Au bout de cet autre couloir, une échelle de meunier donnait accès à une trappe. Octave ne pouvait pas prendre le risque de trop s'approcher. Il dut laisser Stultz pousser la trappe et disparaître dans les combles du bâtiment avant de s'avancer à son tour. L'idée du fugitif était claire : il allait s'échapper par les toits. Impossible de prévenir Louise, ni les agents en faction devant l'ambassade. Chapoutel s'engagea donc à son tour sur l'échelle — il n'y avait pas d'autre choix. Un courant d'air glacé le fit frissonner. Il passa juste la tête, pour apercevoir l'espion qui soulevait un vasistas, l'ouvrait en grand et se hissait au-dehors. La Guimauve se glissa sous les combles trop bas qui l'obligèrent à se plier en deux, pas suffisamment cependant, car il cogna contre une poutre en jurant. Craignant de s'être fait repérer, il s'immobilisa. Les pas de Stultz s'éloignaient, résonnant sur le zinc de la toiture. Ne pas le laisser filer… Obstiné, Chapoutel émergea dans la nuit. Les deux pans du toit se rejoignaient en pente douce juste à droite. L'ombre de l'espion, noire sur le gris sombre du ciel nocturne, apparaissait entre deux cheminées dont l'une laissait échapper un filet de fumée blanche. L'homme sautait déjà sur le toit de l'immeuble voisin, légèrement plus bas, et continuait vers le vide de la rue perpendiculaire. La Guimauve ne comprenait pas ce qu'il avait l'intention de faire. En quelques bonds silencieux et agiles, il prit pied lui aussi sur le deuxième toit. C'est alors que la grosse clef qui lui avait servi à briser la vitre du deuxième étage tomba de sa poche et rebondit dans un fracas épouvantable, avant de basculer dans le vide et d'atterrir une bonne vingtaine de mètres plus bas. Stultz, qui avait déplié une échelle de corde soigneusement dissimulée entre deux conduits d'aération, se retourna vivement, pour voir Octave qui lui courait dessus. Il eut tout juste le temps de sortir son revolver, déjà le cambrioleur lui attrapait le bras et tentait de lui arracher son arme. Les deux hommes, curieusement enlacés et rendus maladroits par la déclivité de la toiture, se livrèrent un combat féroce à quelques pas du vide. La Guimauve, plus grand, plus fort et plus souple, parvint à coincer le poignet de son adversaire contre l'angle d'un rebord de cheminée. L'autre poussa un cri et lâcha le revolver qui dégringola jusqu'à la gouttière. Distrait une fraction de seconde, Chapoutel se laissa brusquement déséquilibrer. Il tenta en vain de se rattraper au mitron, ses doigts glissèrent sur le cylindre d'argile, il tomba à la renverse et se sentit happé par le vide.

CHAPITRE 11

LES DEUX BOLIDES

La clef, en tombant dans la rue, s'était brisée net en deux parties, dont l'une avait rebondi aux pieds des agents. Ils entendirent ensuite les échos de la lutte à mort qui se déroulait vingt mètres au-dessus d'eux.

— Va prévenir l'inspecteur, vite !

L'arrivée de l'agent, essoufflé et quelque peu dépassé par les événements, mit fin à la discussion entre Célestin et son supérieur. Suivi par Minier, il se précipita devant l'ambassade au moment précis où Octave, basculant par-dessus le rebord du toit, parvenait miraculeusement à se raccrocher à la gouttière. Le soulagement fut de courte durée : le conduit métallique céda rapidement sous le poids du cambrioleur, une des soudures craqua... S'agrippant désespérément au morceau de zinc qui tenait encore tout juste au rebord du toit, la Guimauve, du bout du pied, réussit à prendre appui sur l'étroite corniche qui surplombait une des fenêtres du cinquième étage. Gagnant centimètre après centimètre, collé au mur, il parvint à reprendre suffisamment d'équilibre pour sauter sur le balcon. Le temps de reprendre son souffle, il hurla à Célestin :

— Stultz est en train de descendre le long de l'immeuble !

Célestin regarda la façade de l'immeuble, puis comprit ce que la Guimauve lui disait. Suivi de Minier et des deux agents, il courut jusqu'au coin de la rue, juste à temps pour voir l'espion sauter du dernier degré de son échelle de corde et prendre pied sur le trottoir. Là, une puissante conduite intérieure allemande l'attendait.

— Halte-là ! cria Célestin, vous êtes cerné, ne bougez plus !

Stultz ne se laissa pas prendre au bluff du jeune policier. Il sortit son revolver et tira au jugé. Une balle siffla aux oreilles des quatre flics.

— Le fumier ! gueula Minier. Et je n'ai pas pris mon arme de service !

Les deux agents non plus ne portaient pas de pistolet. Célestin tendit son revolver à Minier.

— Tenez-le en respect, essayez de l'empêcher de démarrer, je vais chercher ma voiture pour pouvoir l'approcher et le coincer.

Déjà, Stultz avait réussi à monter dans son véhicule. Célestin fila jusqu'à sa voiture, garée à l'autre bout de la rue. Sur son passage, des fenêtres s'ouvraient, des riverains exaspérés se montraient, pestant contre les coups de feu qui, après les sirènes de l'alerte, finissaient de leur gâcher la nuit. Sur le balcon où il s'était réfugié, la Guimauve essayait tant bien que mal d'expliquer sa présence à une vieille femme acariâtre qui hurlait qu'elle allait appeler la police.

— Je demande que ça, madame, d'ailleurs, elle est déjà là, la police !

Louise sauta au volant de la Renault, démarra dans une pétarade qui déchira la nuit et retourna sous les imprécations des habitants vers Minier et les deux agents. Il ordonna à l'un d'entre eux d'aller sortir Chapoutel de sa délicate situation. Collé au coin du mur, Minier tirait sa dernière balle. Stultz fit rugir le moteur de sa voiture et, dans un crissement de pneus, démarra. Le temps d'embarquer Minier, et Célestin se lança à sa poursuite. Par la rue de Bassano, ils débouchèrent dans l'avenue Marceau puis firent le tour de l'Arc de triomphe, manquant de renverser un cycliste qui partait au travail. Il faisait encore nuit, mais l'aube n'allait pas tarder à poindre, une aube grise et froide qui apporterait juste un peu de lumière. Ils roulaient sans leurs phares, devinant à mesure le ruban de la route — deux machines sombres et hurlantes, fantomatiques, effrayantes. Quittant Paris par la porte Maillot, ils traversèrent Neuilly puis franchirent la Seine. Stultz menait un train d'enfer que Célestin s'acharnait à suivre. Près de lui, les mains crispées sur l'appui de son siège, le commissaire Minier n'en menait pas large.

— Il va vers Saint-Ouen-l'Aumône, vers Pontoise ! cria Louise.

— Et alors ? demanda Minier, vous voulez peut-être que je fasse installer un barrage ?

Célestin s'interrogeait sur la destination du

fugitif. Il s'était attendu à ce qu'il prît la direction de l'est, dans l'espoir, peut-être, de gagner la Suisse, mais il était clair que Stultz avait autre chose en tête, un plan précis qui lui faisait longer la Seine.

La route était mauvaise, pleine de virages qu'ils ne découvraient qu'au dernier moment. La Renault, plus puissante et qui n'avait qu'à se caler dans les roues de l'allemande, avait gagné du terrain. Les deux voitures, lancées à près de cent kilomètres à l'heure, n'étaient désormais plus séparées que par une trentaine de mètres. Stultz prenait des risques insensés et, plusieurs fois, il fit de telles embardées que les deux policiers le crurent sorti de la route. Mais, *in extremis*, il réussissait à retrouver sa trajectoire et à reprendre de la vitesse. Dans ces conditions, il n'était pas question pour Célestin d'entreprendre de le doubler. Parfois, ils longeaient en trombe des fermes où brillaient les premières lumières. Un homme portant un seau s'arrêta, éberlué, pour les regarder passer. Une poule imprudente, happée par la roue de Stultz, fut projetée contre un talus dans un nuage de plumes dont certaines vinrent se coller au manteau du commissaire. Celui-ci enrageait de n'avoir plus de munitions quand l'homme qu'ils pourchassaient n'était qu'à quelques mètres devant eux, cible mouvante mais facile à cadrer. Soudain, tandis qu'ils descendaient vers un ruisseau que dissimulait encore une nappe de brume, la route, qui s'incurvait à cet endroit vers un petit pont, devint luisante. Stultz prit conscience du danger une fraction de seconde trop tard.

— Le verglas ! hurla Minier.

La grosse voiture allemande, arrivant à pleine vitesse sur la plaque glissante, pivota sur elle-même, rebondit contre un arbre et se remit un court instant dans l'axe de la route. Célestin crut que l'espion avait repris le contrôle de son véhicule, mais celui-ci se mit de nouveau en travers à l'entrée du pont, dont il heurta violemment l'arche de droite. Le choc arracha une partie de la carrosserie que la Renault vint percuter violemment, l'envoyant voler dans un champ en contrebas. Au même moment, l'autre voiture basculait par-dessus le parapet du pont, effectuait deux tonneaux et s'immobilisait sur le flanc, à deux pas du ruisseau. Célestin avait manœuvré pour éviter le verglas, passant sur le bas-côté et ralentissant sur le pont, juste après lequel il stoppa. Minier et lui se précipitèrent vers la grosse berline accidentée, dont le moteur, curieusement, continuait à tourner. D'où ils étaient, ils ne pouvaient pas voir Stultz, ils ne savaient pas non plus si celui-ci était armé. Ils se séparèrent ; Célestin contournant la voiture tandis que le commissaire s'avançait à l'abri du châssis. Une forme bougeait au volant, et tenta de ramper hors du véhicule. Célestin aperçut l'éclat métallique d'une arme. Il attendit que Stultz se fût complètement extirpé de l'habitacle pour se jeter sur lui et lui arracher son revolver. L'espion ne résista pas, il s'affaissa d'un coup, un filet de sang lui coulant d'une oreille. Il échangea un ultime regard avec Célestin puis ferma les yeux. Minier s'approchait à son tour.

— Ça va, Louise ?

— Il est mort, répondit le jeune homme avant d'aller couper le moteur.

— Je ne vais pas le pleurer. Où sont les plans ?

Délicatement, Célestin ouvrit l'épais manteau de Stultz. Une vaste poche intérieure en couvrait l'un des pans, et l'enveloppe qu'il cherchait y avait été glissée. Il la retira, alluma son briquet et vérifia le contenu : c'était les plans d'un petit char d'assaut armé d'un canon et d'une mitrailleuse, pouvant emmener un homme, et, apparemment, parfaitement adapté à l'assaut des tranchées. Il lut en haut à droite de la grande feuille de papier-calque : « FT 17 RENAULT ». La main de Minier s'abattit sur son épaule.

— Bravo, mon vieux, vous avez réussi !

Célestin remit les plans dans l'enveloppe. Il se sentait tout d'un coup épuisé et, malgré le succès, insatisfait.

— Il y a une chose que je ne comprends pas, c'est ce qu'il venait chercher par ici. Pourquoi a-t-il pris cette direction et pas une autre ?

— Il voulait surtout nous filer entre les doigts. Il a pris la porte de Paris la plus proche.

— Peut-être… mais il pouvait aussi passer par Boulogne, ou même par Meudon.

Célestin allait refermer son briquet lorsque ses yeux tombèrent sur une inscription écrite en grosses lettres sur l'enveloppe elle-même. C'était un nom sans signification précise, qui pouvait s'appliquer à un lieu ou à une propriété : «LA BARRE Y VA ». Suivaient trois initiales : «CSH ». Minier restait perplexe.

— Et s'il avait eu rendez-vous avec quelqu'un ?
— Un espion ? Vous y croyez, vous ?
— Quel est le village le plus proche ?
— Je n'en sais rien…
— C'est Conflans, monsieur.

Les deux policiers relevèrent la tête : un vieux paysan en sarrau de grosse toile, la pipe à la bouche, les observait depuis le pont, dans la grisaille du jour naissant.

— Vous voulez parler de Conflans-Sainte-Honorine ? demanda Célestin.
— Je n'en connais pas d'autre, messieurs.
— Voilà qui explique les initiales CSH, murmura Louise.
— Qu'est-ce qui vous arrive donc ? reprit le paysan.
— Venez nous donner un coup de main. Nous sommes de la police.

L'homme remit sa pipe dans sa bouche et descendit vers eux. À eux trois, ils remontèrent le corps de Stultz sur le bord de la route. Célestin se livra à une fouille rapide de la voiture accidentée, qui ne donna rien.

— Vous cherchez quelqu'un ?
— «La Barre y va », ça vous dit quelque chose ?

L'homme reprit sa pipe, la suçota un moment, puis hocha la tête.

— C'est un nom de bateau, ça, pour sûr.

— Un bateau ?

— C'est que, des péniches, il en passe pas mal, par ici. Un peu moins depuis la guerre, mais quand même…

Louise et Minier se regardèrent : c'était cela, le mystérieux rendez-vous de Stultz, une de ces péniches qui remontaient lentement jusqu'à l'embouchure de la Seine.

— Qui est-ce qui pourrait nous renseigner sur ce bateau, s'il existe ?

— Vous pouvez toujours passer sur les quais, en ville, ou mieux : demander à une écluse. Vous en trouverez une à quatre ou cinq kilomètres d'ici, juste après Poissy.

Un jour triste se levait, encore tout empêtré de brume. Les deux policiers avaient déjà franchi trois fois la Seine. Ils coupèrent un de ses méandres et, après avoir traversé Poissy, retrouvèrent le fleuve. Un pont l'enjambait d'où ils pouvaient distinguer le chemin de halage et, plus loin, les panneaux noirs d'une écluse. Ils s'y rendirent à pied, sans échanger un mot, enveloppés de silence et tendus de fatigue. Un vieux chien aboya à leur approche. Sur la façade de la petite maison de l'éclusier, le rideau d'une minuscule fenêtre s'écarta une seconde puis retomba. Ils n'eurent même pas besoin de frapper, une femme très grande au visage long, au menton volontaire, l'air maussade, avait ouvert la porte. Le commissaire exhiba sa carte de police, ce qui ne parut pas mettre la femme de meilleure humeur.

— Qu'y a-t-il pour votre service ?

— Connaissez-vous un bateau qui s'appelle *La-Barre-y-Va* ?

L'éclusière hésita, puis comprit qu'elle ferait mieux de ne pas poser de questions.

— Je la connais. C'est une Freycinet à moteur, un couple à bord avec un matelot.

— Ils sont français ?

— La femme oui, les deux autres, je n'en sais rien, ils m'ont jamais dit un mot. Des gens plutôt rudes.

— Vous avez une idée d'où se trouve ce bateau ?

— Vous avez de la chance : ils ont été les derniers à écluser hier au soir, ils doivent pas être très loin en amont. Ils remontaient à vide, mais je pense pas qu'ils redémarrent avant une heure ou deux, rapport au temps.

— Vous avez le téléphone ? demanda Minier à tout hasard.

— Ah non. Pour ça, il faut demander au manoir, là-haut, c'est celui du docteur.

— Il vous faut combien de temps pour y aller ?

— Un petit quart d'heure.

— Alors allez-y, avertissez la gendarmerie, dites-leur que nous sommes sur le point d'appréhender l'équipage de *La-Barre-y-Va*, qu'ils nous rejoignent dès que possible.

Célestin remarqua deux bicyclettes rangées sous un appentis.

— On peut vous emprunter les vélos ?

— Et si je vous dis non ?

Le policier haussa les épaules, la femme fit un geste vers les deux bécanes. Comme les policiers s'engageaient sur le chemin de halage, Célestin se retourna vers l'éclusière qui les suivait des yeux.

— Vous vivez seule ici ?

— C'est tout comme : mon mari boit du matin au soir. Il va pas émerger avant midi, il me dira peut-être un mot sur le coup de sept, huit heures du soir…

Célestin pédalait en tête, suivi par Minier, pas vraiment à l'aise sur le vélo à en juger par les jurons qu'il proférait. Ils avaient les doigts glacés lorsque, sortant d'une large courbe, ils aperçurent la péniche. Le nom *La-Barre-y-Va* était inscrit à la proue, des deux côtés, en noir, avec un liseré rouge foncé. Le bateau était amarré à deux bouleaux, et une passerelle légère avait été jetée à terre. Une étroite cheminée qui sortait de la cabine fumait doucement. Toutes les ouvertures étaient masquées par des rideaux de tissu imprimé. Les deux policiers abandonnèrent leurs bicyclettes dans un buisson au bord du chemin, puis s'approchèrent sans faire de bruit. Célestin avait sorti le revolver qu'il avait pris à Stultz et se tenait prêt à tirer. Arrivés à deux pas de la péniche, à couvert derrière un des arbres auxquels elle était amarrée, Louise et Minier se concertèrent. Le commissaire aurait voulu attendre l'arrivée des gendarmes, Célestin préférait profiter de l'effet de surprise. Il confia l'arme à son supérieur.

— Vous me couvrez. Je vais passer par le panneau avant et visiter cette partie-là, c'est là que doit dormir le matelot. Si je ne suis pas ressorti dans cinq minutes, vous intervenez. Après tout, ils ne sont que trois, dont une femme, et nous sommes armés.

— Je n'aime pas ça, Louise, on improvise, on prend des risques inconsidérés, je ne la sens pas, cette affaire !

— Si je vois que c'est trop dangereux, je bats en retraite et on attend du renfort.

Minier grommela un accord maussade, Célestin se glissa jusqu'à la passerelle, qu'il franchit en deux enjambées. En prenant garde à ne pas faire résonner ses pas sur le pont, il gagna le panneau arrière, qui n'était pas verrouillé. Il l'ouvrit, découvrant une échelle de coupée sur laquelle il s'engagea. À travers les barreaux, il pouvait deviner la porte fermée d'une cabine. Arrivé en bas, il se retourna et resta stupéfait. Toute la cale avait été aménagée en un gigantesque atelier au milieu duquel trônaient de grosses machines d'imprimerie. Un stock de papier était rangé le long d'une des cloisons tandis que tous les produits chimiques et les encres étaient disposés sur de larges étagères, en face. Sur d'innombrables fils tendus en travers de la cale séchaient des billets de banque, de grosses coupures en francs, mais aussi des dollars et des livres sterling. La lumière glauque qui filtrait des rideaux accentuait encore l'aspect clandestin de cet atelier de fausse monnaie. Célestin s'avança, décrocha quelques billets et les examina, frappé par la qualité de l'imitation. D'évidence, les gens qui travaillaient là étaient parfaitement équipés et n'avaient pas lésiné sur la qualité du matériel. Un peu plus loin, sur une large table de bois sombre, des piles de faux papiers avaient été soigneusement rangées — tickets de rationnement, laissez-passer divers et surtout passeports de différents pays. Sur certains d'entre eux, le jeune policier reconnut la photographie de Stultz affublé de différents patronymes.

— Qu'est-ce que vous faites là ?

La voix était claire, posée, sans l'ombre d'une émotion ou de peur, avec juste une pointe d'accent indéfinissable — parfaitement effrayante. Célestin se retourna doucement. L'homme qui se tenait devant lui, revolver au poing, n'était pas très grand. Il avait les cheveux noirs coupés en frange qui lui tombaient sur le front, des sourcils marqués, des pommettes saillantes. Ses yeux, petits et clairs, restaient fixés sur le policier. Il ne semblait ni tendu ni surpris.

— Célestin Louise, de la police judiciaire. C'est en suivant votre complice Stultz que je suis arrivé jusqu'ici.

— Où est-il ?

Célestin préféra mentir.

— Pas loin d'ici. J'ai été obligé de l'assommer.

— Vous êtes seul ?

— Malheureusement.

— Levez les mains, posez-les de chaque côté

de ce hublot et ne faites plus un geste. Je n'hésiterai pas à vous tirer dessus.

Célestin n'en doutait pas. Il y eut un craquement d'allumette, puis la lueur d'une lampe à pétrole. Dans le reflet de la vitre, juste sous son nez, Louise vit le matelot traverser la cale et aller frapper à une porte métallique, à l'autre bout. Trente secondes après, elle s'ouvrait, livrant passage à une sorte de colosse ventru, dont les cheveux en bataille lui donnaient l'air d'un savant fou. Ses petits yeux porcins se portèrent immédiatement sur le prisonnier. Il posa au matelot quelques questions en allemand ; Célestin comprit qu'il s'agissait de lui et de l'objet de sa visite. Le gros, furieux, attrapa le policier par le col, le fit pivoter et, d'une main, le colla à la paroi. Il se mit à hurler.

— Comment es-tu remonté jusqu'à Stultz, fumier ?

— C'est son complice, Claude Gilles, l'habilleur de l'Opéra, qui l'a dénoncé.

C'était une large extrapolation de la vérité, mais, dans tous les cas, le pauvre type ne risquait plus rien.

— Pourquoi l'a-t-il dénoncé ?

— Une peine de cœur, une jalousie. Il était très amoureux de Stultz.

Il relâcha Célestin en pestant contre les « tantes » avec lesquelles on ne devrait jamais travailler.

— Où sont les plans ?

— Quels plans ?

Cette fois, l'inspecteur Louise eut droit à un

aller-retour qui le laissa presque assommé. L'autre avait des mains comme des battoirs, et une force peu commune. Il répéta, menaçant :

— Où sont les plans ?

— En sécurité dans ma voiture. Je vous y emmène ?

Le capitaine hésitait, flairant un coup fourré. Au même moment, on entendit une cavalcade sur le pont tandis qu'une voix criait :

— Police, rendez-vous, vous êtes cernés !

Une femme d'une trentaine d'années, longue brune au visage en triangle, fit irruption dans la cale. Elle alerta ses deux complices : la police était là. De rage, le matelot envoya à Célestin un coup de crosse au visage, lui ouvrant le front. Le sang se mit à lui couler sur l'œil.

— Tue-le, ordonna le colosse.

Déjà, à l'arrière de la péniche, on entendait les craquements de la porte qu'on forçait. Le capitaine et sa compagne commencèrent à rassembler quelques documents et à les jeter dans un sac. Le matelot, tranquillement, ajusta Célestin. Au moment de tirer, il souriait presque. Le policier se revit sur le front, dans ces moments terribles où il faut s'extirper de la tranchée pour s'offrir aux balles des mitrailleuses en sachant qu'une fois sur deux on y laisse sa peau. Cette fois, c'était la fin. Il aurait préféré mourir là-bas, en Champagne, entouré de ses compagnons d'armes — Flachon, Fontaine, le petit Béraud —, mais on ne choisissait pas son destin. En une fraction de seconde, il se souvint des confidences des poilus qui revenaient de blessure : ils ne parlaient pas de douleur, juste d'un choc terrible qui les avait cloués au sol, les yeux dans les nuages. Le coup de revolver fut assourdissant et l'odeur de la poudre envahit la cale. L'espion avait pris la balle en pleine poitrine, il avait valdingué sous le choc et s'était abattu contre la grosse machine à découper le papier.

— On ne bouge plus ! hurla le commissaire. Les mains en l'air !

Célestin s'affaissa, terrassé par l'émotion. Le colosse et sa compagne avaient levé les mains. Le jeune policier dut se reprendre pour récupérer l'arme de son agresseur, qui avait glissé sous un meuble. On entendait maintenant les gendarmes qui fouillaient les cabines arrière. L'un d'entre eux poussa la porte de la cale.

— C'est ici qu'on a tiré ?

— Vous pouvez prendre livraison de ces guignols, acquiesça Minier. Faites attention, ils sont dangereux. On vous enverra une voiture dans la matinée pour nous les ramener à Paris.

Le couple d'espions survivants ne bougeait plus, désormais muré dans un silence indifférent. Ils ne réagirent pas lorsque le commissaire et Célestin leur passèrent les menottes. Les gendarmes les emmenèrent tandis que les deux policiers inventoriaient les secrets de la cache. Tout indiquait que la péniche servait de base à un réseau d'espionnage, avec l'avantage de pouvoir bouger à tout moment : faux papiers, fausse monnaie, armes de poing, postiches et même, accrochée à l'arrière du poste de pilotage, une cage contenant deux pigeons voyageurs. En attendant la visite des spécialistes des services secrets, *La-Barre-y-Va* demeura sous la garde de deux gendarmes. Célestin et son commissaire regagnèrent l'écluse à bicyclette. Il faisait jour, une bise glacée avait chassé les restes de brume et le fleuve gris où tremblait le reflet des arbres paraissait immobile.

— J'ai une de ces faims ! s'exclama Minier en descendant de vélo.

Comme si elle l'avait entendu, l'éclusière avait préparé aux deux hommes un solide repas, simple mais délicieux : œufs sur le plat, jambon, fromage et de larges tranches de pain beurré, le tout accompagné d'un café bien chaud. Chaque fois qu'il trempait les lèvres dans le liquide brûlant, Célestin se rappelait les engueulades quotidiennes, sur le front, avec le cuisinier, qui prenait toujours trop de temps à parcourir les boyaux d'accès et qui ne leur apportait qu'une bibine marronnasse et froide dans laquelle le sucre, quand il en restait, avait du mal à fondre. Leur hôtesse n'était pas causante, mais l'appétit des deux hommes lui faisait plaisir. Elle leur posa quand même quelques questions sur leur expédition à la péniche, ils ne crurent pas devoir lui cacher qu'ils avaient arrêté des espions.

— Un drôle de métier, murmura-t-elle.

De temps en temps, un ronflement sonore leur parvenait de la chambre voisine qu'une simple cloison de bois séparait de la cuisine.

— Il ne nous reste qu'à vous remercier, madame, dit le commissaire en se levant.

Il y eut alors un moment curieux, lorsqu'elle laissa sa main quelques secondes de trop dans celle de Minier.

— Vous ne m'avez même pas dit votre nom.

— Minier, commissaire Auxence Minier.

Ils étaient aussi grands l'un que l'autre. Elle le regardait droit dans les yeux, il en fut presque intimidé. Lorsqu'ils furent remontés dans la Renault et qu'ils eurent repris la direction de Paris, Célestin, au volant, hasarda une remarque malicieuse sur le charme du commissaire qui, semblait-il, avait opéré sur la belle éclusière. Minier le prit mal, sans doute embarrassé parce que son subordonné ne se trompait pas.

— Je suis un homme marié, Louise, et pour moi, le mariage, c'est sacré.

— Bien évidemment, commissaire.

Célestin retint un sourire en pensant à la femme du commissaire : radine et hypocondriaque, elle lui en faisait voir de toutes les couleurs. On la voyait deux fois par an, engoncée dans une robe inusable, aux bonnes œuvres de la police.

— Au fait, je ne vous ai pas remercié pour tout à l'heure, vous êtes arrivé juste à temps.

— Je ne vous voyais pas revenir, je me suis douté qu'il y avait du grabuge. Par chance, la gendarmerie, pour une fois, a été rapide !

Comme il sentait ses paupières devenir lourdes, Célestin prit une grande inspiration pour se réveiller et pressa l'accélérateur. La voiture répondit aussitôt. Il commençait à prendre goût à cette machine de course.

Du reste de la matinée, Louise ne conserva qu'un souvenir confus. Les plans, rendus à Louis Renault immédiatement alerté, furent authentifiés par lui. Il tint à récompenser personnellement Célestin, mais celui-ci refusa l'argent pour lui-même.

— Donnez-le à la Croix-Rouge, on est trop heureux, dans les tranchées, de recevoir leurs colis.

— C'est tout à votre honneur, inspecteur.

— Vous avez parlé à Mme Hatto, à propos de son habilleur ?

— Bien sûr. D'abord, cela l'a effondrée, puis elle s'est sentie coupable. Elle s'est bien souvenue, en effet, avoir griffonné la combinaison du coffre sur la page de garde d'un livret de Wagner. Gilles a eu mille occasions de tomber dessus.

— Elle n'y est pour rien, comment aurait-elle pu se douter que son collaborateur était amoureux d'un espion ?

— C'est aussi ce que je lui ai dit. Elle s'en remettra. Sans moi, du reste : cette affaire, curieusement, a mis un point final à notre liaison.

— Elle a eu peur ?

— Non. Elle trouve simplement que je ne m'occupe pas assez d'elle.

Célestin, embarrassé, hocha la tête.

— Et ce petit char, monsieur Renault, quand sera-t-il prêt, à votre avis ?

— Si cela ne tenait qu'à moi, ce ne serait qu'une question de mois. Mais dans cette affaire j'ai un ennemi encore plus coriace que les espions allemands : l'administration française.

En quittant l'hôtel particulier, Célestin jeta un dernier coup d'œil à la voiture de course, dont le moteur n'était pas complètement refroidi. Dans l'excitation de la poursuite, il avait pris du plaisir au volant de cette machine perfectionnée et pouvait comprendre la passion de la vitesse qui animait le constructeur. Il fut néanmoins bien content de retrouver Mathurin et son tacot beaucoup plus ordinaire. Le vieux chauffeur le félicita du succès de son enquête.

— Vous restez avec nous, maintenant ? On va pas vous renvoyer au casse-pipe !

— Vous avez raison, Mathurin, on ne va pas m'y renvoyer : c'est moi qui vais y retourner.

Le vieux hocha la tête et grommela une phrase inaudible qui voulait dire que c'était bien malheureux, mais qu'il comprenait.

— Et où est-ce qu'on va, ce matin ?

— Chez moi, Mathurin, et en vitesse !

Une demi-heure plus tard, Célestin Louise dormait d'un sommeil de plomb dans sa petite chambre de bonne. Il n'avait même pas pris le temps d'allumer le poêle.

CHAPITRE 12

UN RÉVEILLON

Les documents trouvés sur *La-Barre-y-Va* permirent de démanteler un vaste réseau d'espionnage extrêmement bien organisé qui écumait Paris à la recherche de tout renseignement stratégique. La nouvelle qui parut dans les journaux alimenta un peu plus les fantasmes d'un réseau d'espionnage infiltré à différents niveaux de l'État, et l'agressivité contre tout ce qui rappelait de près ou de loin l'Allemagne remonta d'un cran. Louis Renault profita de cette publicité inattendue pour évoquer publiquement son idée de char d'assaut, sans en divulguer les détails, et mettre ainsi l'opinion de son côté. Certains députés, enfin convaincus de l'urgence du projet, firent pression sur le gouvernement, si bien que l'administration dut battre en retraite. Le colonel Estienne se vit conforté dans ses prises de position et un budget décent fut alloué à l'entreprise. Célestin, après avoir dormi pendant près de vingt-quatre heures, se rendit au Quai des Orfèvres. Dans le couloir de la police judiciaire, une surprise attendait le jeune homme : assis sur un banc, les coudes sur les genoux, le regard fixé sur la peinture écaillée d'une plinthe poussiéreuse, Octave Chapoutel semblait faire partie des meubles.

— La Guimauve ! Qu'est-ce que tu fais là ?

— Je vous attendais. Les agents sont venus me chercher sur mon balcon, l'autre nuit, après tout le ramdam, mais ils savaient pas quoi faire de moi. Alors ils m'ont ramené ici en attendant.

— Vous êtes ici depuis deux jours ?

— Vos collègues sont plutôt aimables. Il n'y a que votre commissaire qui fait semblant de ne pas me voir. Maintenant, je demande pas à m'éterniser dans vos locaux.

Célestin frappa à la porte du bureau de Minier, qui hurla un «entrez» furibard. Encore un jour sans. Il se dérida pourtant un peu en voyant entrer son inspecteur.

— Alors, Louise, vous avez pu vous reposer ?

— Merci, oui. J'espère que je n'ai pas créé d'incident diplomatique.

— Le succès fait passer bien des choses : on ne vous reprochera rien, inspecteur, et je peux vous dire que la Suisse fait profil bas. Ils ont rappelé leur ambassadeur pour une consultation exceptionnelle. Et nous avons les félicitations du ministère.

— Qu'est-ce qu'on peut faire pour Chapoutel ?

— Votre cambrioleur ? Sa situation est délicate. Il était à deux doigts d'être fusillé pour désertion, et vous nous en faites un héros national… Cela dit, personne n'est au courant de son rôle dans notre intervention, et je ne tiens pas à ce que ça s'ébruite.

— On ne va tout de même pas le remettre au cachot ?

Le commissaire se gratta la tête, puis le menton, fit mine de regarder les dossiers étalés sur son bureau, puis revint à Célestin.

— Il y a une autre solution ?

— Qu'il reparte avec moi sur le front.

— Et qu'il déserte à nouveau à la première occasion ?

— Je lui fais confiance.

— Bon… Dans ce cas, vous l'emmènerez avec vous, moi, je ne veux plus en entendre parler. Vous connaissez son affectation ?

— C'est un territorial, il refuse de se servir d'une arme. Est-ce qu'on peut se débrouiller pour le faire muter près de mon régiment ?

— L'armée ne nous refusera pas ça. Notez-moi tous les renseignements sur une feuille.

Il se gratta la gorge, un peu gêné.

— À propos… malgré votre réussite brillante, ils ont été inflexibles concernant la durée de votre séjour. Vous n'aurez pas un jour de plus que prévu. Je pensais que vous pourriez rester à Paris jusqu'à la fin de l'année : on vous accorde Noël en famille, mais, le nouvel an, vous le fêterez dans les tranchées. Je suis désolé. Ils ont l'air très pointilleux sur les permissions.

— Vous n'y êtes pour rien, commissaire, et puis c'est ma place, là-bas : j'ai rien demandé d'autre.

Minier se leva soudain et, dans un élan presque amical, vint serrer la main de son subordonné.

— J'ai hâte qu'elle se termine, Louise, cette guerre épouvantable. Je ne suis pas un pacifiste, mais j'ai le sentiment d'une vaste gabegie, un enchaînement absurde dans lequel on s'est tous fait prendre. Prenez soin de vous, revenez entier, le travail, malheureusement, ne nous manquera jamais.

De retour dans le couloir, Célestin expliqua à la Guimauve qu'il avait deux jours devant lui, puis qu'ils retourneraient ensemble au front. Chapoutel n'était pas en position de refuser quoi que ce fût. Ils se donnèrent rendez-vous pour le surlendemain à la gare de l'Est.

Il était temps désormais pour Célestin d'accomplir la promesse qu'il avait faite à son collègue Raymond Georges. Il l'invita dans une brasserie de Saint-Michel, pas très loin du Quai des Orfèvres. Le gros Bouboule arborait à présent un œil jaunissant dont il persistait à tirer une certaine gloire, mais il ne parlait plus de Zéphyrin Matez, *alias* Legris : il n'en avait que pour Isabelle Dubreuil, dont l'apparition dans les locaux de la police l'avait subjugué.

— Pourvu qu'il ne lui arrive rien de fâcheux ! répétait Raymond.

— Et que veux-tu qu'il lui arrive ? Elle va simplement devenir marraine de guerre.

— Justement : il y a tellement de types bizarres qui racontent n'importe quoi… Va donc vérifier, quand tout se passe par courrier. Et puis, au fond, qu'est-ce qu'elle connaît de la vie ? Elle n'est jamais vraiment sortie de chez elle, elle est prête à croire tout ce qu'on lui dit.

— De quoi t'as peur, Bouboule ? qu'un julot la mette aux asperges ? ou qu'un coureur de dot lui fasse le grand jeu ?

L'autre, entre deux bouchées de bourguignon, haussa les épaules, embarrassé.

— Trouve donc un prétexte pour la revoir, comme ça tu en auras le cœur net.

— J'oserai jamais !

— Tant pis pour toi.

Il y eut un silence. Georges réfléchissait. Deux infirmières anglaises en uniforme fantaisie vinrent s'asseoir à une table voisine — la neige fondue qui tombait du ciel bas n'avait en rien entamé leur belle humeur. C'est à ça que ressemblait l'arrière, se dit Célestin, à une sorte de vente de charité où chacun veut se rendre utile sans trop se déranger. Des fois, ça aurait presque l'air d'une mode. Sans même parler des escrocs de tout poil et des hommes d'affaires sans scrupules qui s'enrichissaient sur le dos des poilus. Une fois de plus, le jeune homme ressentit toute l'injustice du sacrifice des plus pauvres, paysans, artisans, ouvriers, employés, petits fonctionnaires, qui offraient leur vie à la guerre comme ils avaient offert leur travail à la paix : sans compter, sans même penser qu'il pût en être autrement. Il était perdu dans ses pensées, et Bouboule dut répéter sa question :

— Mais tu la trouves comment, toi, Isabelle Dubreuil ?

— Dubreuil ? Charmante… et elle joue très bien du piano.

— Ah bon ?

Pour le coup, l'inspecteur Georges était impressionné.

— Et moi qui ne connais rien à la musique !

— T'apprendras.

Ils levèrent leurs verres à l'amour et à la victoire. Une des deux Anglaises fixait insolemment Célestin, qui détourna les yeux.

L'exposition de Nicolas Boxen se déroulait dans une petite galerie de la rue de Seine. L'endroit avait réuni beaucoup de monde — des artistes, quelques modèles, des marchands, des amateurs et, comme partout, des officiers en uniforme. L'espace, trop petit pour les grands formats du jeune créateur, semblait envahi par les toiles aux couleurs vives peintes à grands traits flamboyants qui gardaient entière la trace du geste. Il y avait des ciels mauves et des terres jaunes, de grands aplats sombres percés de lunes blafardes qui rappelaient le champ de bataille, puis toute une série plus intimiste où la silhouette de Chloé, nue, attirait le regard. La jeune femme était là, portant une robe beaucoup trop légère pour la saison mais que l'atmosphère surchauffée pouvait justifier. Les joues roses de chaleur et de plaisir, les yeux brillants, elle vint en souriant à la rencontre de Célestin.

— C'est gentil d'être venu.

— Je n'y connais pas grand-chose, mais j'étais curieux de voir… C'est vous, sur ces tableaux ?

— Oui… Il a du talent, n'est-ce pas ? Nicolas est un grand peintre. L'ennui, c'est qu'il ne le sait pas, ou qu'il ne veut pas le savoir. Venez, je vais vous le présenter.

Elle prit la main du policier et, traversant adroitement la foule agglutinée devant les toiles, se campa devant un grand type au visage émacié, aux cheveux prématurément gris, au regard perdu dans on ne savait quelle tristesse. Il serra la main de Célestin en donnant l'impression qu'il regardait à travers lui. Le jeune homme, qui se sentait bien incapable de faire le moindre commentaire sur la peinture, parla machinalement de la guerre. Il s'en voulut aussitôt, mais les mots lui avaient échappé. Le peintre parut alors seulement prendre vraiment conscience de sa présence.

— Je vais y retourner à la fin de la semaine, annonça Louise, un peu bêtement.

— Y retourner ? Parce que vous en êtes sorti ?

Il n'y avait pas de réponse à cette question. Nicolas Boxen se laissa accaparer par un collectionneur tandis que Chloé faisait une moue de reproche au policier.

— Pourquoi lui avez-vous parlé de la guerre ? Il a tellement de mal à l'oublier.

— Moi aussi, Chloé, moi aussi, j'ai du mal à l'oublier.

— Et votre enquête ? Vous avez arrêté le coupable ? J'ai entendu parler de tout un remue-ménage à l'Opéra…

— J'ai trouvé celui que je cherchais, oui.

Il n'avait pas envie de s'étendre sur une affaire qui allait encore ramener la conversation à la guerre et à ses suites désastreuses. Par politesse, il demanda le prix des toiles, qui étaient bien au-dessus de ses moyens. Chloé regrettait qu'il n'eût pas chez lui un portrait d'elle.

— C'est trop petit, chez moi.

— J'essaierai de vous trouver un dessin, si cela vous fait plaisir.

— Et à moi, vous ne voulez pas faire plaisir ?

L'homme était souriant, vêtu avec raffinement, il portait une fine moustache et ses cheveux, soigneusement coiffés, commençaient à blanchir. De rose, la jeune femme devint toute rouge et s'empêtra dans les présentations. Célestin comprit néanmoins qu'il avait affaire au marquis Alphonse de Combray. Il n'était pas difficile de deviner qu'il était l'amant en titre de la jolie danseuse. Il la couvait des yeux comme un objet précieux : son regard, au fond, n'était pas si différent de celui des amateurs devant les peintures de Boxen. Célestin Louise se sentait de moins en moins à sa place dans ce petit monde propret où même la souffrance, réelle, du peintre, paraissait recouverte d'un habit de scène, comme on affuble des restes d'un costume les membres de paille d'un épouvantail. Il murmura un vague salut à Chloé et se jeta dans la rue, croisant deux visiteurs qui arrivaient en décrivant comment une des bombes de la dernière alerte avait défoncé la voûte du métro, près de la station Couronnes.

L'air glacé soulagea Célestin, qui s'éloigna rapidement. Il attrapa un omnibus qui descendait vers le treizième.

Éliane était furieuse. Ce fut tout juste si elle salua Célestin quand il arriva rue Corvisart. Elle était en train de bercer Sarah, qui s'endormait après la tétée.

— C'est seulement maintenant que vous vous inquiétez de moi ?

— Je n'ai pas eu un moment depuis l'autre soir. Je vous avais laissée dans un abri et…

— Et surtout, le coupa Éliane, vous avez assommé un agent qui vous avait vu avec moi. Alors j'ai eu droit à tout un interrogatoire, des vérifications, et je ne suis rentrée qu'au point du jour. Votre sœur s'était réveillée, j'aime mieux vous dire qu'elle se faisait du mauvais sang !

— Je suis désolé, Éliane, je ne pensais pas que les choses se passeraient de cette façon. J'ai eu moi-même une nuit plutôt agitée.

La colère de la jeune femme tomba d'un coup.

— Vous avez été en danger ?

— Je ne fais pas un métier de tout repos, il faudra vous y faire.

La phrase était sortie comme ça, tout naturellement, avec ce qu'elle supposait d'intimité et de pérennité dans leur relation. Éliane en resta stupéfaite. Pour dissimuler son trouble, elle regarda sa fille qui dormait déjà.

— Il ne faut pas faire trop de bruit, maintenant.

Elle alla porter le berceau dans la chambre voisine. Célestin avait remarqué son uniforme, tout propre, suspendu à un cintre dans un coin de la pièce. Il alla en tâter l'étoffe, qui avait retrouvé ce beau bleu horizon sur lequel le sang des blessures se détachait si bien. Puis il s'avança jusqu'à la croisée. La Bièvre coulait en contrebas. Deux gamins portant bérets et cache-nez s'amusaient à couler à coups de cailloux une petite embarcation qu'ils avaient construite avec des branchages et des feuilles mortes. Quand elle eut disparu dans l'eau grise, ils s'armèrent de bâtons et se mirent à jouer à la guerre. Éliane était revenue près de lui, elle aussi observait les enfants, dont l'un, faisant mine d'être touché, s'était laissé tomber à terre. Célestin détourna les yeux. Elle lui prit le bras.

— Je ne vous en veux pas vraiment, vous savez.

— Je sais.

— Demain, c'est Noël, vous passerez la soirée avec nous, n'est-ce pas ?

— Bien sûr. J'apporterai une bouteille de bon vin.

Éliane lâcha le bras de Célestin et s'affaira à servir deux bols de café.

— Et après ? Vous allez retourner là-bas ?

Le jeune homme l'observait, gravant dans sa mémoire la douceur de ces gestes simples et quotidiens qui, dans la tranchée, lui paraîtraient bientôt irréels. La guerre et la paix s'excluaient l'une l'autre, totalement, absolument.

— Je n'ai pas le choix.

Il attendit, pour quitter le petit logement, le

retour de Gabrielle. La jeune femme était épuisée. Prétextant qu'elles étaient moins rapides que les hommes qu'elles remplaçaient, le patron imposait aux ouvrières des journées beaucoup plus longues.

— Ils parlent même de nous payer à la pièce. Mais là, je te jure, on se mettra en grève.

Célestin la croyait volontiers.

Le lendemain matin, 24 décembre 1915, le jeune homme passa prendre des nouvelles de Firmin à l'Opéra. Le concierge, qui portait un bandage autour du front, le regardait avec de grands yeux impressionnés, gardant encore à l'esprit la nuit tragique, la bagarre avec Stultz et la découverte du cadavre de Claude Gilles.

— Pauvre M. Gilles, c'est tout de même malheureux ! Mais qui aurait pu croire qu'il fricotait avec des espions ?

La réalité était sans doute un peu plus subtile, mais Célestin n'était pas d'humeur à parler. Le petit Firmin avait été conduit au nouvel hôpital de la Pitié, où on lui avait plâtré la jambe. La blessure était mauvaise, et il y avait des risques qu'il boite pour le restant de sa vie. Victime inattendue, pensa le policier, d'une guerre qui le concernait si peu mais dont le gamin aimait seulement, certaines nuits, à voir tomber les bombes. Louise allait partir lorsque le gardien le rappela :

— J'allais oublier… Mme Jeanne Hatto m'a donné ceci pour vous.

Il lui tendit une enveloppe qui contenait deux billets pour la première de *Don Giovanni*.

— Vous la remercierez de ma part. Je serai malheureusement reparti pour le front, mais j'en ferai profiter des gens que j'aime.

En regagnant la rue Auber, Célestin aperçut de loin Chloé qui descendait du coupé du marquis de Combray. Elle regarda partir la voiture de son amant puis se mit à courir vers l'Opéra : elle était en retard.

À la Pitié, dont les nouveaux bâtiments n'avaient été achevés que quelques années seulement avant le début de la guerre, des salles entières avaient été réservées aux soldats les plus gravement atteints, mais qu'on pouvait encore sauver. Ils en sortiraient mutilés, éclopés, sourds, aveugles, défigurés, souvent méconnaissables, mais vivants. Célestin, devant l'enfilade des lits autour desquels s'affairaient quelques infirmières épuisées, se demanda s'il ne préférait pas la mort à cette survie diminuée qui ne serait plus essentiellement que le témoignage de l'horreur qui s'était déroulée aux frontières. En passant au Bazar de l'Hôtel de ville, il avait acheté pour Firmin une marionnette articulée, une sorte d'arlequin qu'on manœuvre à l'aide d'une ficelle. L'enfant, laissé à lui-même, n'avait plus guère de famille susceptible de venir le voir : Célestin fut sa première visite. Trop touché pour dire merci, il se moqua du cadeau et, comme l'arlequin portait une batte, demanda à Louise si c'était pour taper sur les roussins.

— Tu en feras ce que tu voudras, Firmin, il est à toi, maintenant. Comment va ta jambe ?

— Ils me l'ont remise. Paraît qu'il y a plus qu'à attendre.

Un système de poulies maintenait la jambe plâtrée en suspension. Firmin trouvait encore la force de plaisanter sur tout cet attirail. Comme une infirmière chargée de pansements passait non loin d'eux, Firmin la désigna à Célestin.

— Elle, c'est la plus gentille. Et elle n'est pas si vieille. Dès que j'aurai trouvé un bon travail, je viendrai la demander en mariage. Au moins, elle, elle est pas bégueule, comme les danseuses.

Il se fit raconter ensuite toute la fin de l'épopée de Célestin, jusqu'à l'arrestation des trois complices à bord de la péniche. Il buvait les paroles du policier, ses yeux brillaient d'excitation. Une voix douce vint interrompre le jeune inspecteur.

— Vous allez faire remonter la fièvre. Il faut le laisser se reposer.

C'était l'infirmière sur laquelle Firmin avait jeté son dévolu. Il protesta :

— Au contraire, il m'aide à guérir !

— De toute façon, mon bonhomme, il faut que j'y aille. Remets-toi bien et, à ma prochaine permission, on ira boire un verre ensemble. Je passerai te prendre à l'Opéra.

— Je trouverai un meilleur métier d'ici là !

— C'est tout ce que je te souhaite.

Célestin sourit à l'infirmière, et se dit en s'en allant que Firmin avait fort bon goût. Sur le lit de l'enfant, l'arlequin multicolore semblait escalader les draps.

Ce fut un bien étrange réveillon de Noël. Gabrielle s'efforçait de ne pas penser à son mari disparu, Célestin de ne pas penser à la guerre qui allait le reprendre. Éliane, elle, faisait semblant de ne penser qu'à Sarah qu'elle entourait et faisait jouer avec le petit ours en peluche que Célestin lui avait offert. Les deux billets d'opéra firent leur petit effet. Gabrielle s'écria qu'elle n'irait jamais, il fallait s'habiller pour ces soirées de gala et elle n'avait pas même une robe longue. Éliane n'était pas de son avis : elle promit de l'accompagner et qu'elle se débrouillerait pour leur confectionner des toilettes qui feraient illusion. Tous trois se partagèrent sans grande faim une demi-poularde dénichée au marché, accompagnée de carottes à l'eau. Le sucre était devenu trop cher, ils se passèrent de dessert et se contentèrent d'une tisane de tilleul. Sarah s'était endormie. Éliane parla de trouver un travail, elle avait entendu dire qu'il y avait des places de vendeuses de journaux.

— Et qui s'occupera de la petite ? demanda Célestin.

— Une voisine… On s'arrangera.

— On m'a promis une prime pour mon enquête, je vous la ferai parvenir. Moi, là-bas, je n'ai pas de problème : je suis logé, nourri, blanchi.

— Blanchi ? intervint Gabrielle. Tu as vu dans quel état tu es arrivé ? Et puis, pour le logement et la nourriture, tu repasseras !

Comme elle s'était levée pour débarrasser et faire la vaisselle dans la bassine, Éliane glissa à Célestin un petit cadeau enveloppé de papier japon. C'était un bracelet de cuir tout simple, fait de deux lanières torsadées entremêlées. L'objet ne lui plaisait pas vraiment, mais l'intention de la jeune femme le bouleversait. Il le mit à son poignet gauche.

— Je vous aurai toujours avec moi.

— Je voudrais qu'il vous protège.

— Il me protégera.

Avant de partir, il se remit en uniforme. Éliane était passée dans la chambre et Gabrielle le regardait du coin de l'œil, attristée.

— À chaque fois, ça me fait bizarre de te voir là-dedans. C'est comme s'ils voulaient que vous soyez tous pareils pour mieux aller vous faire massacrer, comme si, du coup, on faisait moins attention au bonhomme, comme si vous étiez tous les mêmes.

— On est tous les mêmes, Gabrielle.

— Ce n'est pas vrai, lança Éliane en revenant dans la pièce. Pour moi, il n'y a qu'un seul Célestin Louise, et c'est vous. Et je n'ai pas envie qu'il se fasse tuer.

Célestin promit qu'il ferait bien attention. Il serra sa sœur dans ses bras. Elle fondit en larmes, larmes de chagrin et de colère — elle ne supportait plus ces départs, ni cet habit de soldat au tissu épais, les bandes molletières, les gros godillots et, par-dessus, la capote trop grande que Célestin laissait tomber sans porter de ceinture. Jules était mort après avoir promis, lui aussi, qu'il reviendrait. Gabrielle en voulait à la guerre, furieuse qu'on lui ait pris son mari qu'elle aimait, inquiète de voir son frère partir au front. Elle se détestait en veuve, elle en venait même à détester son propre chagrin mais, chaque soir, seule au moment de s'endormir, elle sanglotait. Célestin la laissa pleurer dans ses bras jusqu'au moment où elle se reprit, se sécha les yeux et tendit une lampe à Éliane.

— Accompagne-le en bas, je ne voudrais pas qu'il se casse le dos en descendant les marches !

Après une dernière accolade, Célestin quitta sa sœur. Éliane le guida dans l'escalier de bois. Arrivés en bas, ils restèrent immobiles, l'un en face de l'autre, puis, doucement, Célestin attira la jeune femme à lui. Elle se laissa faire, sans résister mais sans non plus avoir un seul geste vers lui. Il posa ses lèvres sur les siennes, elle ne lui rendit pas son baiser. Il s'écarta. Elle lui murmura seulement :

— Revenez.

La Guimauve dormait profondément lorsque le train arriva à Reims. Célestin le réveilla d'une bourrade. Octave s'étira longuement tandis qu'une voix annonçait le terminus. En bout de quai, une dizaine de sous-officiers attrapaient les soldats qui montaient au front et les regroupaient par régiment. Chapoutel et Louise trouvèrent une place à bord d'un camion dans un convoi de munitions à destination d'un dépôt à Bourgogne, à une dizaine de kilomètres en retrait du front.

— Bourgogne, c'est un drôle de nom pour une ville de Champagne ! avait plaisanté un adjudant.

Ni Célestin ni Octave n'avaient relevé. Il leur faudrait quelques jours pour se réhabituer aux blagues des combattants, à ces bêtises qui fusent à tout instant pour tromper la peur. Le flic et le voleur ne se parlaient guère, mais ils n'avaient pas envie de se séparer et acceptèrent la corvée de déchargement. Quand toutes les caisses d'armements furent rangées, il était trop tard pour qu'ils rejoignent leurs unités. Ils passèrent la nuit sous un hangar vaguement réchauffé par un vieux poêle qui tirait mal. Célestin avait récupéré un paquetage et un Lebel. À dix heures, parce que c'était encore Noël, on vint leur distribuer une ration d'alcool et quelques biscuits. Ils avaient saisi au vol les nouvelles rumeurs du front, on parlait d'une attaque formidable qui enfoncerait le front allemand, des noms circulaient : Arras, Béthune, Château-Thierry, Verdun… La tête calée contre son sac, Célestin se recroquevilla sous sa capote, il avait repris sa carapace de soldat. Il dormit pourtant d'un profond sommeil. Le lendemain matin, la Guimauve partit rejoindre son détachement de territoriaux tandis que Louise gagnait Auménencourt à pied. La sinistre routine à trois temps dirigeait toujours la vie des poilus : première ligne, deuxième ligne, repos… En retrouvant sa section à l'endroit même où il l'avait quittée, Célestin se rendit compte qu'il n'était parti que quelques jours, le temps d'une relève. Le front avait été calme, sans doute grâce à la trêve implicite de Noël, mais cette vieille ganache de Tessier n'attendait qu'une occasion pour lancer son régiment à l'assaut des tranchées adverses.

— Qu'on lui donne un casque et un fusil, et qu'il vienne danser avec nous devant les mitrailleuses ! hurlait le gros Flachon.

— Lui ou un autre, murmura Peuch, les yeux dans le vague. On y passera tous, c'est comme ça, et il y en aura d'autres pour nous remplacer.

Ils étaient tous à poil, la petite douzaine d'hommes de la section, dans le vent froid et sous le ciel gris, mais ça ne les empêchait pas de continuer à se charrier. Seul le petit Béraud, gêné, restait à l'écart, ses mains cachant son sexe. Ils avaient balancé leurs vêtements sales et pouilleux dans de grandes lessiveuses fumantes et passaient les uns après les autres devant un major de l'intendance qui leur confiait leurs ballots de linge propre. Fontaine fut le premier à reconnaître Célestin.

— Vingt-deux, v'là l'inspecteur !

— À poil, mon vieux, comme tout le monde ! gueula Flachon.

Célestin eut beau protester qu'il arrivait de la ville, il eut droit comme les autres à ses nouvelles frusques. Il conserva seulement le bracelet d'Éliane. Une fois rhabillé, il dut raconter ses démêlés parisiens et surtout parler de Paris et de ses femmes. Il fit rêver un moment ses compagnons d'armes en évoquant les jolies danseuses de l'Opéra et les portraits de Chloé aux murs de la galerie.

— Peintre, artiste peintre, voilà ce que j'aurais dû faire dans la vie, conclut Fontaine.

— Toi, saucisse à pattes, qu'es pas capable de dessiner une vache ? Eh ben elles seraient belles, tes toiles !

Le retour de Célestin leur faisait plaisir, ils plaisantèrent jusqu'au dîner. Là, le lieutenant Doussac vint leur annoncer qu'ils repartaient en première ligne dans la nuit. Alors ce fut le lugubre voyage sous le ciel noir, les boyaux trempés et, tout à la fin, les visages épuisés de ceux qu'ils relevaient. Après quelques heures d'un mauvais sommeil, le cuisinier leur apporta un café aussi froid que d'habitude. Il avait des nouvelles, une attaque était prévue dans la journée.

— Ferme donc ton claque-merde, y en a marre de tes pronostics et de tes nouvelles fraîches : faisnous plutôt du café chaud ! lança Flachon.

Quand il vit qu'il y avait aussi des rations d'eaude-vie, il se rembrunit : c'était mauvais signe. La préparation d'artillerie démarra à sept heures trente. Sur le coup de neuf heures, Doussac rangea ses hommes en ordre d'attaque, en bas des échelles d'assaut. Comme d'habitude, le petit Béraud s'était collé à Célestin. Sa mâchoire tremblait.

— Baïonnette au canon, ordonna le lieutenant en sortant son revolver.

Dans quelques secondes, ils allaient encore une fois risquer leur peau, dans l'espoir insensé de s'emparer, souvent pour quelques heures seulement, d'un morceau de la tranchée d'en face. Célestin se rappela les plans du petit char de M. Renault. Puis, juste avant de monter à l'échelle, tandis que les mitrailleuses crépitaient déjà, il revit le visage endormi de la petite Sarah.

REMERCIEMENTS

Je tiens à remercier Yunbo pour sa patience, Françoise Juhel pour son amitié vigilante, Suzanne Jamet pour ses encouragements, et tous les amis de Pont-Aven.

DU MÊME AUTEUR

COLLECTION FOLIO POLICIER

Dernières parutions

Composition Interligne
Impression Novoprint
le 4 février 2009
Dépôt légal : février 2009
1er dépôt légal dans la collection: octobre 2008

ISBN 978-2-07-034442-0/Imprimé en Espagne.